Monsieur et Madame ont un fils...

A. NONYME

Monsieur et Madame ont un fils - 1	*J'ai lu*	4036/2
Monsieur et Madame ont un fils - 2	*J'ai lu*	4118/2

A. Nonyme

Monsieur et Madame ont un fils...

Préface de
Colette et Berthe Mavallée

Éditions J'ai lu

C'est le nouveau jeu à la mode dans les écoles, les lycées, les bureaux ou pendant les soirées en famille. Lorsque au milieu de la conversation quelqu'un lance « Monsieur et Madame ont un fils... » (ou une fille...), les cerveaux se retrouvent soudain en ébullition. A partir d'un nom de famille totalement imaginaire, les esprits les plus torturés recherchent le prénom idéal pour que l'ensemble constitue un authentique à-peu-près pas toujours de bon goût, c'est-à-dire un calembour hâtif plutôt qu'un calembour bon.

Et pourtant, ce divertissement ne date pas d'hier, ni même d'avant-hier. Ce livre en administre la preuve flagrante. Selon nos recherches, il aurait été écrit dans une période que les historiens situent entre le premier poil de barbe de Charlemagne et le dernier régime de Léon Zitrone. Imaginé par un certain A. Nonyme, mais qui ne méritait pas de le rester, il restitue la crème – parfois un peu aigre – de ce que par euphémisme on peut appeler les meilleurs « Monsieur et Madame ». Cet ouvrage nous a semblé idéal pour faire travailler vos méninges en cette période de flamme, pardon, de flemme que constitue la saison estivale.

A vous de jouer. Confortablement installé sur votre chaise longue, lancez un nom de famille et attendez les propositions de prénoms de ceux qui vous entourent. Vous ne devriez pas être déçus...

Colette et Berthe MAVALLÉE

TALAROND
ont une fille
DELPHINE

Monsieur et Madame
AMERVEILLE
se réjouissent d'annoncer la venue
au monde de leur fils
Dominique

Monsieur et Madame
ISSIME
ont la joie de vous
annoncer la naissance
de leur fils
Évrard

Monsieur et Madame
COUVAIRE
ont le plaisir de fêter
l'arrivée sur terre
de leur fille
Armelle

Monsieur et Madame
CÉTRUCLA
sont très fiers de vous
annoncer la naissance
de leur fils
Symphorien

Monsieur et Madame
MAROLEX
sont heureux de vous
faire part de la naissance
de leur fille
Éléonore

Monsieur et Madame
PONSABLE DU MATOS
ont le bonheur de vous annoncer
la naissance de leur fille
Thérèse

Monsieur et Madame
PASSONCHA
ont la joie de vous
annoncer la naissance
de leur fille
Natacha

Monsieur et Madame
STITTI
ont le plaisir de fêter
l'arrivée sur terre
de leur fils
Louis

Monsieur et Madame
HAICROCHÉLEPOMPON
ont le bonheur de vous annoncer
la naissance de leur fille
Jade

Monsieur et Madame
GONFLÉVA
sont très fiers de vous
annoncer la naissance
de leur fils
Amédée

Monsieur et Madame
EUNITAITE
sont heureux de vous
faire part de la
naissance de leur fille
Monique

Monsieur et Madame
ACHEVAU
se réjouissent d'annoncer la venue
au monde de leur fils
Fiacre

Monsieur et Madame
EUMOILEUX
se réjouissent d'annoncer la venue
au monde de leur fille
Odile

Monsieur et Madame
DEVAPEURRE
ont la joie de vous
annoncer la naissance
de leur fils
Urbain

Monsieur et Madame
PAVUMIRZA
ont le plaisir de fêter
l'arrivée sur terre
de leur fils
Xavier

Monsieur et Madame
COMASRESPIRE
sont très fiers de vous
annoncer la naissance
de leur fils
Armand

Monsieur et Madame
AUBALCON
sont heureux de vous
faire part de la naissance
de leur fils
Noël

Monsieur et Madame
PEUPLUS
ont le bonheur de vous annoncer
la naissance de leur fils
Jean

Monsieur et Madame
DIKUL
sont très fiers de vous annoncer
la naissance de leur fils
Thierry

Monsieur et Madame
HAINE
sont heureux de vous
faire part de la naissance
de leur fils
Hervé

Monsieur et Madame
VHEUPA
se réjouissent d'annoncer
la venue au monde
de leur fils
Pascal

Monsieur et Madame
LIGUILI
ont la joie de vous
annoncer la naissance
de leur fils
Guy

Monsieur et Madame
HAUMONDE
ont le plaisir de fêter
l'arrivée sur terre
de leur fille
Bienvenue

Monsieur et Madame
DSOI
ont le bonheur de vous annoncer
la naissance de leur fils
Quentin

Monsieur et Madame
DUMAL
sont très fiers de vous
annoncer la naissance
de leur fille
Eugénie

Monsieur et Madame
ODERI
sont heureux de vous
faire part de la naissance
de leur fille
Agathe

Monsieur et Madame
DANSMONESTIME
se réjouissent d'annoncer la venue
au monde de leur fils
Blaise

Monsieur et Madame
BLANCHE
ont la joie de vous
annoncer la naissance
de leur fille
Berthe

Monsieur et Madame
LATAITE DE COTTÉ
ont le plaisir de fêter
l'arrivée sur terre
de leur fille
Jacqueline

Monsieur et Madame
DECINÉMA
ont le bonheur de vous annoncer
la naissance de leur fille
Béatrice

Monsieur et Madame
HAIENHEURE
se réjouissent d'annoncer la venue
au monde de leur fils
Valentin

Monsieur et Madame
DEJEU
ont la joie de vous
annoncer la naissance
de leur fille
Bernadette

Monsieur et Madame
DEMASSEURE
ont le plaisir de fêter
l'arrivée sur terre
de leur fils
Gabin

Monsieur et Madame
HENNE-OPÉKU
sont très fiers de vous
annoncer la naissance
de leur fille
Aimée

Monsieur et Madame
FÉBIENLÉCHOZE
sont heureux de vous
faire part de la naissance
de leur fils
Lazare

Monsieur et Madame
PARSONNON
ont le bonheur de vous annoncer
la naissance de leur fille
Isabelle

Monsieur et Madame
TICOLI
ont la joie de vous
annoncer la naissance
de leur fils
Nestor

Monsieur et Madame
SAHALOR
ont le plaisir de fêter
l'arrivée sur terre
de leur fils
Aubin

Monsieur et Madame
HÉONOIZETTE
ont le bonheur de vous annoncer
la naissance de leur fils
Guénolé

Monsieur et Madame
IGNEROUME
sont très fiers de vous
annoncer la naissance
de leur fille
Olive

Monsieur et Madame
ALORDREDUJOUR
sont heureux de vous
faire part de la naissance
de leur fille
Félicité

Monsieur et Madame
TITOUPLIN
se réjouissent d'annoncer la venue
au monde de leur fils
Jean

Monsieur et Madame
HOLÉTTO
ont la joie de vous annoncer
la naissance de leur fils
Rodrigue

Monsieur et Madame
DAUDFERRE
ont le plaisir de fêter
l'arrivée sur terre
de leur fils
Cyrille

Monsieur et Madame
PAVOULDEMANDÉ
ont le bonheur
de vous annoncer
la naissance de leur fils
Joseph

Monsieur et Madame
HÉBASQUE
se réjouissent
d'annoncer la venue
au monde de leur fils
Herbert

Monsieur et Madame
TASSOUPE
sont très fiers de vous
annoncer la naissance
de leur fille
Clémence

Monsieur et Madame
FERPEURE
sont heureux de vous faire part
de la naissance de leur fille
Léa

Monsieur et Madame
DASSOT
sont très fiers de vous
annoncer la naissance
de leur fils
Richard

Monsieur et Madame
DESSOIRAY
sont heureux de vous
faire part de la naissance
de leur fils
Habib

Monsieur et Madame
ENNENPORTLEVAN
se réjouissent d'annoncer la venue
au monde de leur fils
Gontran

Monsieur et Madame
KOKOTTE
ont la joie de vous
annoncer la naissance
de leur fils
Hugues

Monsieur et Madame
NIRAISON
ont le plaisir de fêter
l'arrivée sur terre
de leur fille
Sandrine

Monsieur et Madame
DANLKOUSQUOUSSE
ont le bonheur de vous annoncer
la naissance de leur fille
Larissa

Monsieur et Madame
JUSKAMIDI
se réjouissent d'annoncer la venue
au monde de leur fils
Isidore

Monsieur et Madame
DSÉPOMPE
ont la joie de vous
annoncer la naissance
de leur fils
Gautier

Monsieur et Madame
PALNOR
ont le plaisir de fêter
l'arrivée sur terre
de leur fils
Fulbert

Monsieur et Madame
LIEN
sont très fiers de vous
annoncer la naissance
de leur fille
Ida

Monsieur et Madame
DENDLAROUTTE
sont heureux de vous
faire part de la naissance
de leur fils
Maxime

Monsieur et Madame
DECAMPAGNE
ont le bonheur de vous annoncer
la naissance de leur fils
Paterne

Monsieur et Madame
DECOCO
ont la joie de vous
annoncer la naissance
de leur fils
Benoît

Monsieur et Madame
NOMÈNE
ont le plaisir de fêter
l'arrivée sur terre
de leur fils
Parfait

Monsieur et Madame
ROÏDE
ont le bonheur de vous annoncer
la naissance de leur fille
Emma

Monsieur et Madame
DELART
sont très fiers de vous
annoncer la naissance
de leur fille
Odette

Monsieur et Madame
DÉMÉNAGE
sont heureux de vous
faire part de la naissance
de leur fils
Anselme

Monsieur et Madame
HILLON
se réjouissent d'annoncer la venue
au monde de leur fils
Alexandre

Monsieur et Madame
DUTARN
ont la joie de vous
annoncer la naissance
de leur fils
Georges

Monsieur et Madame
LÉPÉDALLE
ont le plaisir de fêter
l'arrivée sur terre
de leur fils
Robert

Monsieur et Madame
MONRENDÉVOUADEMAIN
ont le bonheur de vous annoncer
la naissance de leur fils
Jérémie

Monsieur et Madame
VOUAUTRECHOSE
se réjouissent d'annoncer la venue
au monde de leur fille
Désirée

Monsieur et Madame
SURLAROUTE
sont très fiers de vous
annoncer la naissance
de leur fille
Prudence

Monsieur et Madame
HÉLÉGRAMME
sont heureux de vous
faire part de la naissance
de leur fille
Estelle

Monsieur et Madame
HÉMILOU
sont très fiers de vous
annoncer la naissance
de leur fils
Constantin

Monsieur et Madame
VREMORE
sont heureux de vous
faire part de la naissance
de leur fils
Yves

Monsieur et Madame
ALAVÉLAVAISSEL
se réjouissent d'annoncer la venue
au monde de leur fils
Achille

Monsieur et Madame
VOMIEUKEDEUX
ont la joie de vous
annoncer la naissance
de leur fils
Donatien

Monsieur et Madame
SIÉDPOLISSE
ont le plaisir de fêter
l'arrivée sur terre
de leur fille
Sophie

Monsieur et Madame
COMYFAUT
ont le bonheur de vous annoncer
la naissance de leur fils
Béranger

Monsieur et Madame
AHUITHEURPRÉCIZE
se réjouissent d'annoncer la venue
au monde de leur fille
Blandine

Monsieur et Madame
SILDECUISINE
ont la joie de vous
annoncer la naissance
de leur fils
Justin

Monsieur et Madame
AUTRÉSOR
ont le plaisir de fêter
l'arrivée sur terre
de leur fille
Odile

Monsieur et Madame
DECLAQUE
sont très fiers de vous
annoncer la naissance
de leur fils
Norbert

Monsieur et Madame
MONLATIN
sont heureux de vous
faire part de la naissance
de leur fils
Gilbert

Monsieur et Madame
TAGUEULALARÉCREZ
ont le bonheur de vous annoncer
la naissance de leur fils
Médard

Monsieur et Madame
MOIKÉKCHOSE
ont la joie de vous
annoncer la naissance
de leur fils
Guy

Monsieur et Madame
MONPARNASSE
ont le plaisir de fêter
l'arrivée sur terre
de leur fille
Germaine

Monsieur et Madame
DECOMMERCE
ont le bonheur de vous annoncer
la naissance de leur fils
Régis

Monsieur et Madame
RIGOUDE
sont très fiers de vous
annoncer la naissance
de leur fils
Sylvère

Monsieur et Madame
MINIATTURRE
sont heureux de vous
faire part de la naissance
de leur fils
Rodolphe

Monsieur et Madame
CHMONFILS
se réjouissent d'annoncer la venue
au monde de leur fils
Thierry

Monsieur et Madame
MONMARI
ont la joie de vous
annoncer la naissance
de leur fils
Martial

Monsieur et Madame
GOLLOTOIALLORE
ont le plaisir de fêter
l'arrivée sur terre
de leur fils
Thierry

Monsieur et Madame
REMPLIDEVAISSELSALLE
ont le bonheur de vous annoncer
la naissance de leur fils
Olivier

Monsieur et Madame
POTAMME
se réjouissent d'annoncer la venue
au monde de leur fils
Thibault

Monsieur et Madame
HOCHET
sont très fiers de vous
annoncer la naissance
de leur fils
Ulrich

Monsieur et Madame
NADÉCLARRÉ
sont heureux de vous
faire part de la naissance
de leur fils
Zaccharia

Monsieur et Madame
DEUBONQUEURE
sont très fiers de vous
annoncer la naissance
de leur fille
Valérie

Monsieur et Madame
UCÉ
sont heureux de vous
faire part de la naissance
de leur fils
James

Monsieur et Madame
JAMESSETTEJUPE
se réjouissent d'annoncer la venue
au monde de leur fille
Amira

Monsieur et Madame
AIRBOUTIK
ont la joie de vous
annoncer la naissance
de leur fils
Harry

Monsieur et Madame
HENKOR
ont le plaisir de fêter
l'arrivée sur terre
de leur fils
Henri

Monsieur et Madame
NOMBREUSE
ont le bonheur de vous annoncer
la naissance de leur fille
Camille

Monsieur et Madame
TITUDE
se réjouissent d'annoncer la venue
au monde de leur fils
Donald

Monsieur et Madame
SAKUTI
ont la joie de vous
annoncer la naissance
de leur fille
Elvire

Monsieur et Madame
DEDRAME
ont le plaisir de fêter
l'arrivée sur terre
de leur fille
Carole

Monsieur et Madame
TUSSENERVEUX
sont très fiers de vous
annoncer la naissance
de leur fils
Frédéric

Monsieur et Madame
DUNÉ
sont heureux de vous
faire part de la naissance
de leur fils
Arsène

Monsieur et Madame
TICOLI
ont le bonheur de vous annoncer
la naissance de leur fils
Victor

Monsieur et Madame
HOPPOME
ont la joie de vous
annoncer la naissance
de leur fils
Samson

Monsieur et Madame
ALACRÈME
ont le plaisir de fêter
l'arrivée sur terre
de leur fille
Marthe

Monsieur et Madame
OBOIDORMANT
ont le bonheur de vous annoncer
la naissance de leur fils
Abel

Monsieur et Madame
BÉLABAISSE
sont très fiers de vous
annoncer la naissance
de leur fille
Lydie

Monsieur et Madame
DETTAIE
sont heureux de vous
faire part de la naissance
de leur fils
Ignace

Monsieur et Madame
LEDIVINENFAN
se réjouissent d'annoncer la venue
au monde de leur fils
Irénée

Monsieur et Madame
MALTOURNET
ont la joie de vous
annoncer la naissance
de leur fille
Ella

Monsieur et Madame
APPENT
ont le plaisir de fêter
l'arrivée sur terre
de leur fille
Huguette

Monsieur et Madame
AIENCORBOUCHEZ
ont le bonheur de vous annoncer
la naissance de leur fils
Olivier

Monsieur et Madame
RIRDERIRE
se réjouissent d'annoncer la venue
au monde de leur fille
Amour

Monsieur et Madame
AYET
sont très fiers de vous
annoncer la naissance
de leur fils
Joe

Monsieur et Madame
BARRE
sont heureux de vous
faire part de la naissance
de leur fils
Laurent

Monsieur et Madame
HOUNON
sont très fiers de vous annoncer
la naissance de leur fils
Louis

Monsieur et Madame
DOIDLAMAIN
se réjouissent d'annoncer la venue
au monde de leur fille
Hyacinthe

Monsieur et Madame
DELABASTILLE
ont la joie de vous
annoncer la naissance
de leur fils
Fabrice

Monsieur et Madame
DECHEVEUX
ont le plaisir de fêter
l'arrivée sur terre
de leur fils
Christophe

Monsieur et Madame
TOURNEPUBLICITAIRE
ont le bonheur de vous annoncer
la naissance de leur fille
Clarisse

Monsieur et Madame
SAIVAITEMENT
se réjouissent d'annoncer la venue
au monde de leur fille
Natacha

Monsieur et Madame
SOIKIMALYPENSSE
ont la joie de vous
annoncer l'arrivée
de leur fille
Monique

Monsieur et Madame
COUPOURVOIR
ont le plaisir de fêter
l'arrivée sur terre
de leur fils
Augustin

Monsieur et Madame
DEPAPIÉMACHEZ
sont très fiers de vous
annoncer la naissance
de leur fille
Sabine

Monsieur et Madame
DIANDBASE
sont heureux de vous
faire part de la naissance
de leur fille
Ingrid

Monsieur et Madame
ATOIÔMONDIEU
ont le bonheur de vous annoncer la
naissance de leur fils
Grégoire

Monsieur et Madame
DAIRIAIREMONDO
ont la joie de vous
annoncer la naissance
de leur fille
Rosalie

Monsieur et Madame
APERSONNE
ont le plaisir de fêter
l'arrivée sur terre
de leur fils
Adrien

Monsieur et Madame
FAUDPRONONCIATION
ont le bonheur de vous annoncer
la naissance de leur fils
Adelphe

Monsieur et Madame
ZATITUDE
sont très fiers de vous
annoncer la naissance
de leur fille
Inès

Monsieur et Madame
YONDSOLEILLE
sont heureux de vous
faire part de la naissance
de leur fille
Reine

Monsieur et Madame
RAISONPERSONNEL
se réjouissent d'annoncer la venue
au monde de leur fille
Aimée

Monsieur et Madame
NOSÉABON
ont la joie de vous
annoncer la naissance
de leur fils
Roland

Monsieur et Madame
DE NANTES
ont le plaisir de fêter
l'arrivée sur terre
de leur fille
Édith

Monsieur et Madame
AGROFLOCON
ont le bonheur de vous annoncer
la naissance de leur fille
Nadège

Monsieur et Madame
KEDEVOUPLAIR
se réjouissent d'annoncer la venue
au monde de leur fils
Maurice

Monsieur et Madame
MONAMOURJEPARRE
sont très fiers de vous
annoncer la naissance
de leur fils
Mathieu

Monsieur et Madame
HIPPO
sont heureux de vous
faire part de la naissance
de leur fils
Thècle

Monsieur et Madame
DEKEUROUDPIK
sont très fiers de vous
annoncer la naissance
de leur fils
Wenceslas

Monsieur et Madame
DECORDE
sont heureux de vous
faire part de la naissance
de leur fils
Michel

Monsieur et Madame
MITOUDANMONSAQUE
se réjouissent d'annoncer la venue
au monde de leur fils
Jérôme

Monsieur et Madame
MONIE
ont la joie de vous
annoncer la naissance
de leur fils
Léger

Monsieur et Madame
MENVUSSA
ont le plaisir de fêter
l'arrivée sur terre
de leur fils
Gérard

Monsieur et Madame
MANDUFRIQUE
ont le bonheur de vous annoncer
la naissance de leur fils
Gérard

Monsieur et Madame
SÉMOILEPLANCHÉ
se réjouissent d'annoncer la venue
au monde de leur fille
Deborah

Monsieur et Madame
TITI
ont la joie de vous
annoncer la naissance
de leur fille
Edwige

Monsieur et Madame
ENCHEF
ont le plaisir de fêter
l'arrivée sur terre
de leur fils
Serge

Monsieur et Madame
DEBIERRE
sont très fiers de vous
annoncer la naissance
de leur fils
Denis

Monsieur et Madame
MEN
sont heureux de vous
faire part de la naissance
de leur fils
Firmin

Monsieur et Madame
TÉAVANDESSERVIRE
ont le bonheur de vous annoncer
la naissance de leur fille
Pélagie

Monsieur et Madame
ÉALEUILLE
ont la joie de vous
annoncer la naissance
de leur fils
Beaudoin

Monsieur et Madame
AONGLE
ont le plaisir de fêter
l'arrivée sur terre
de leur fille
Céline

Monsieur et Madame
DANLETTA
ont le bonheur de vous annoncer
la naissance de leur fils
Dimitri

Monsieur et Madame
DROITE
sont très fiers de vous
annoncer la naissance
de leur fille
Évelyne

Monsieur et Madame
KUSSÉDUPOULAY
sont heureux de vous
faire part de la naissance
de leur fils
Simon

Monsieur et Madame
PARMINOU
se réjouissent d'annoncer la venue
au monde de leur fille
Bienvenue

Monsieur et Madame
GENMILITÈRE
ont la joie de vous
annoncer la naissance
de leur fils
Quentin

Monsieur et Madame
PALEUNORRE
ont le plaisir de fêter
l'arrivée sur terre
de leur fils
Hubert

Monsieur et Madame
MISTICE
ont le bonheur de vous annoncer
la naissance de leur fils
Charles

Monsieur et Madame
SAIKILAIPAMORRE
se réjouissent d'annoncer la venue
au monde de leur fille
Sylvie

Monsieur et Madame
MARCHANDE
sont très fiers de vous
annoncer la naissance
de leur fille
Marine

Monsieur et Madame
GALL
sont heureux de vous
faire part de la naissance
de leur fils
Martin

Monsieur et Madame
BOUILLE
sont très fiers de vous
annoncer la naissance
de leur fils
Christian

Monsieur et Madame
ABONDIEU
sont heureux de vous
faire part de la naissance
de leur fille
Élisabeth

Monsieur et Madame
BOUDIN
se réjouissent d'annoncer la venue
au monde de leur fille
Aude

Monsieur et Madame
YESOUROCHE
ont la joie de vous
annoncer la naissance
de leur fils
Tanguy

Monsieur et Madame
COMILRESPIRE
ont le plaisir de fêter
l'arrivée sur terre
de leur fils
Clément

Monsieur et Madame
AURAPA
ont le bonheur de vous annoncer
la naissance de leur fille
Flora

Monsieur et Madame
PRESSÉ
se réjouissent d'annoncer la venue
au monde de leur fille
Laurence

Monsieur et Madame
CUDA
ont la joie de vous
annoncer la naissance
de leur fille
Barbara

Monsieur et Madame
MINÉ
ont le plaisir de fêter
l'arrivée sur terre
de leur fils
Elfi

Monsieur et Madame
COVERT
sont très fiers de vous
annoncer la naissance
de leur fils
Romeric

Monsieur et Madame
DENFANCE
sont heureux de vous
faire part de la naissance
de leur fils
Dany

Monsieur et Madame
LAISSOURCIL
ont le bonheur de vous annoncer
la naissance de leur fille
Florence

Monsieur et Madame
BELISTOIRE
ont la joie de vous
annoncer la naissance
de leur fille
Lucie

Monsieur et Madame
ZOUVERT
ont le plaisir de fêter
l'arrivée sur terre
de leur fils
Abraham

Monsieur et Madame
O'DINDRON
ont le bonheur de vous annoncer
la naissance de leur fils
Théophile

Monsieur et Madame
KAÉKOUTÉ
sont très fiers de vous
annoncer la naissance
de leur fils
Xavier

Monsieur et Madame
VUSSA
sont heureux de vous
faire part de la naissance
de leur fils
Armand

Monsieur et Madame
SASSAVA
se réjouissent d'annoncer la venue
au monde de leur fils
Gaspard

Monsieur et Madame
SONSAC
ont la joie de vous
annoncer la naissance
de leur fils
David

Monsieur et Madame
NÉRIQUE
ont le plaisir de fêter
l'arrivée sur terre
de leur fils
Roger

Monsieur et Madame
DELAINE
ont le bonheur de vous
annoncer la naissance
de leur fils
Sylvestre

Monsieur et Madame
AFFTEUSE
se réjouissent d'annoncer la venue
au monde de leur fille
Geneviève

Monsieur et Madame
ROVNIR
sont très fiers de vous
annoncer la naissance
de leur fils
Édouard

Monsieur et Madame
TEMOIDESSUS
sont heureux de vous
faire part de la naissance
de leur fils
Raymond

Monsieur et Madame
MAYARD
sont très fiers de vous
annoncer la naissance
de leur fils
Paulin

Monsieur et Madame
DÉCAVERNE
sont heureux de vous
faire part de la naissance
de leur fils
Guillaume

Monsieur et Madame
ASSAMAIMAIRE
se réjouissent d'annoncer la venue
au monde de leur fils
Lucien

Monsieur et Madame
DEPLUBELKETOI
ont la joie de vous
annoncer la naissance
de leur fille
Tatiana

Monsieur et Madame
DEUSWAL
ont le plaisir de fêter
l'arrivée sur terre
de leur fille
Rachel

Monsieur et Madame
RICOVERT
ont le bonheur de vous annoncer
la naissance de leur fille
Nina

Monsieur et Madame
BINET
se réjouissent d'annoncer la venue
au monde de leur fille
Prisca

Monsieur et Madame
LUPIN
ont la joie de vous
annoncer la naissance
de leur fils
Marcel

Monsieur et Madame
DESPIEZ
ont le plaisir de fêter
l'arrivée sur terre
de leur fils
Vincent

Monsieur et Madame
GUILEZ
sont très fiers de vous
annoncer la naissance
de leur fils
Bernard

Monsieur et Madame
HOPPERY
sont heureux de vous
faire part de la naissance
de leur fils
François de Sales

Monsieur et Madame
NORD
ont le bonheur de vous annoncer
la naissance de leur fille
Paule

Monsieur et Madame
ISSY
ont la joie de vous
annoncer la naissance
de leur fille
Angèle

Monsieur et Madame
OROSSI
ont le plaisir de fêter
l'arrivée sur terre
de leur fille
Martine

Monsieur et Madame
CHVEUSURLATAITAMATIEU
ont le bonheur de vous annoncer
la naissance de leur fille
Thérèse d'Aquin

Monsieur et Madame
DAGNO
sont très fiers de vous
annoncer la naissance
de leur fille
Marcelle

Monsieur et Madame
MONFRON
sont heureux de vous
faire part de la naissance
de leur fils
Blaise

Monsieur et Madame
ATOUVA
se réjouissent d'annoncer la venue
au monde de leur fille
Véronique

Monsieur et Madame
MOILDO
ont la joie de vous
annoncer la naissance
de leur fille
Agathe

Monsieur et Madame
MAYONÈZE
ont le plaisir de fêter
l'arrivée sur terre
de leur fils
Gaston

Monsieur et Madame
DIRONDELLE
ont le bonheur de vous annoncer
la naissance de leur fille
Eugénie

Monsieur et Madame
DÉSYEUX
se réjouissent d'annoncer la venue
au monde de leur fille
Jacqueline

Monsieur et Madame
MAGINOT
sont très fiers de vous
annoncer la naissance
de leur fille
Apolline

Monsieur et Madame
BODINAUZE
sont heureux de vous
faire part de la naissance
de leur fils
Arnaud

Monsieur et Madame
CITATION
sont très fiers de vous
annoncer la naissance
de leur fils
Félix

Monsieur et Madame
DETÉATTRE
sont heureux de vous
faire part de la naissance
de leur fille
Béatrice

Monsieur et Madame
DEMARCHANDIZ
se réjouissent d'annoncer la venue
au monde de leur fils
Valentin

Monsieur et Madame
EAU
ont la joie de vous
annoncer la naissance
de leur fils
Claude

Monsieur et Madame
DELÉGUMME
ont le plaisir de fêter
l'arrivée sur terre
de leur fille
Julienne

Monsieur et Madame
HOUSSÈTE
ont le bonheur de vous annoncer
la naissance de leur fils
Alexis

Monsieur et Madame
DEVAPEURRE
se réjouissent d'annoncer la venue
au monde de leur fils
Gabin

Monsieur et Madame
CÉDIMANCHE
ont la joie de vous
annoncer la naissance
de leur fils
Damien

Monsieur et Madame
LENDEMAIN
ont le plaisir de fêter
l'arrivée sur terre
de leur fils
Roméo

Monsieur et Madame
LITON
sont très fiers de vous
annoncer la naissance
de leur fils
Casimir

Monsieur et Madame
MARIE
sont heureux de vous
faire part de la naissance
de leur fils
Aubin

Monsieur et Madame
DEVELOURRE
ont le bonheur de vous annoncer
la naissance de leur fils
Romain

Monsieur et Madame
HAROT
ont la joie de vous
annoncer la naissance
de leur fille
Olive

Monsieur et Madame
AÉLIZE
ont le plaisir de fêter
l'arrivée sur terre
de leur fille
Colette

Monsieur et Madame
AUJASMIN
ont le bonheur de vous annoncer
la naissance de leur fille
Félicité

Monsieur et Madame
CHOPINE
sont très fiers de vous
annoncer la naissance
de leur fille
Justine

Monsieur et Madame
DELOIN
sont heureux de vous
faire part de la naissance
de leur fils
Vivien

Monsieur et Madame
DERNIÈRAIDITION
se réjouissent d'annoncer la venue
au monde de leur fille
Françoise

Monsieur et Madame
BEAUTÉ
ont la joie de vous
annoncer la naissance
de leur fille
Mathilde

Monsieur et Madame
COMISTOIRE
ont le plaisir de fêter
l'arrivée sur terre
de leur fils
Patrice

Monsieur et Madame
AIMAIRE
ont le bonheur de vous annoncer
la naissance de leur fils
Joseph

Monsieur et Madame
DUGRADÉ
se réjouissent d'annoncer la venue
au monde de leur fils
Emmanuel

Monsieur et Madame
HIPIPOURRA
sont très fiers de vous
annoncer la naissance
de leur fils
Habib

Monsieur et Madame
TICOT
sont heureux de vous
faire part de la naissance
de leur fils
Jonas

Monsieur et Madame
DEMARCHANDISE
sont très fiers de vous
annoncer la naissance
de leur fils
Gontran

Monsieur et Madame
SONTRUQUEZ
sont heureux de vous
faire part de la naissance
de leur fils
Amédée

Monsieur et Madame
CÉPALMIEN
se réjouissent d'annoncer la venue
au monde de leur fils
Lucien

Monsieur et Madame
DISANT
ont la joie de vous
annoncer la naissance
de leur fils
François

Monsieur et Madame
ABBEUX
ont le plaisir de fêter
l'arrivée sur terre
de leur fils
Richard

Monsieur et Madame
COMINCŒUR
ont le bonheur de vous annoncer
la naissance de leur fille
Julie

Monsieur et Madame
DEBOUDAIN
se réjouissent d'annoncer la venue
au monde de leur fils
Renaud

Monsieur et Madame
ESINA
ont la joie de vous
annoncer la naissance
de leur fils
Fulbert

Monsieur et Madame
PIRATEUR
ont le plaisir de fêter
l'arrivée sur terre
de leur fils
Stanislas

Monsieur et Madame
AUSTER
sont très fiers de vous
annoncer la naissance
de leur fils
Paterne

Monsieur et Madame
SONCHAGRIN
sont heureux de vous
faire part de la naissance
de leur fils
Benoît

Monsieur et Madame
ALATIENNE
ont le bonheur de vous annoncer
la naissance de leur fils
Étienne

Monsieur et Madame
NEMPARLONPLU
ont la joie de vous
annoncer la naissance
de leur fils
Parfait

Monsieur et Madame
FEMMALLE
ont le plaisir de fêter
l'arrivée sur terre
de leur fille
Emma

Monsieur et Madame
MONMARRI
ont le bonheur de vous annoncer
la naissance de leur fils
Anselme

Monsieur et Madame
HECTEURRE
sont très fiers de vous
annoncer la naissance
de leur fille
Odette

Monsieur et Madame
EMEUZE
sont heureux de vous
faire part de la naissance
de leur fils
Alexandre

Monsieur et Madame
CHAUDE
se réjouissent d'annoncer la venue
au monde de leur fils
Georges

Monsieur et Madame
ASSONMECK
ont la joie de vous
annoncer la naissance
de leur fils
Fidèle

Monsieur et Madame
ARRONI
ont le plaisir de fêter
l'arrivée sur terre
de leur fils
Marc

Monsieur et Madame
LE TONIEN
ont le bonheur de vous annoncer
la naissance de leur fille
Ida

Monsieur et Madame
CANTONNET
se réjouissent d'annoncer la venue
au monde de leur fille
Valérie

Monsieur et Madame
DECHARBON
sont très fiers de vous
annoncer la naissance
de leur fille
Zita

Monsieur et Madame
ÉBASQUE
sont heureux de vous
faire part de la naissance
de leur fils
Robert

Monsieur et Madame
PATRI
sont très fiers de vous
annoncer la naissance
de leur fils
Honoré

Monsieur et Madame
ODELAVIEILLE
sont heureux de vous
faire part de la naissance
de leur fils
Pacôme

Monsieur et Madame
MATINSEULEMAND
se réjouissent d'annoncer la venue
au monde de leur fils
Achille

Monsieur et Madame
ERNAUD
ont la joie de vous
annoncer la naissance
de leur fille
Rolande

Monsieur et Madame
ÉMONBOLLE
ont le plaisir de fêter
l'arrivée sur terre
de leur fils
Mathias

Monsieur et Madame
CAUPÉRATOIRE
ont le bonheur de vous annoncer
la naissance de leur fils
Boris

Monsieur et Madame
SONDELAINE
se réjouissent d'annoncer la venue
au monde de leur fils
Pascal

Monsieur et Madame
AUVERT
ont la joie de vous
annoncer la naissance
de leur fils
Éric

Monsieur et Madame
ATROVITE
ont le plaisir de fêter
l'arrivée sur terre
de leur fils
Yves

Monsieur et Madame
DOMMARON
sont très fiers de vous
annoncer la naissance
de leur fils
Bernardin

Monsieur et Madame
TAMARE
sont heureux de vous
faire part de la naissance
de leur fils
Constantin

Monsieur et Madame
QUIFONDISSEMERCI
ont le bonheur de vous annoncer
la naissance de leur fils
Émile

Monsieur et Madame
TALEAU
ont la joie de vous
annoncer la naissance
de leur fils
Germain

Monsieur et Madame
DEFUSIL
ont le plaisir de fêter
l'arrivée sur terre
de leur fils
Donatien

Monsieur et Madame
ASSAMÉMOIRE
ont le bonheur de vous annoncer
la naissance de leur fils
Didier

Monsieur et Madame
VILLE
sont très fiers de vous
annoncer la naissance
de leur fils
Ferdinand

Monsieur et Madame
DUCHEFFE
sont heureux de vous
faire part de la naissance
de leur fille
Perrine

Monsieur et Madame
PETICOU
se réjouissent d'annoncer la venue
au monde de leur fils
Justin

Monsieur et Madame
LABRI
ont la joie de vous
annoncer la naissance
de leur fils
Vital

Monsieur et Madame
HASTIE
ont le plaisir de fêter
l'arrivée sur terre
de leur fille
Blandine

Monsieur et Madame
UNSSORE
ont le bonheur de vous annoncer
la naissance de leur fille
Georgette

Monsieur et Madame
HONSURTERRE
se réjouissent d'annoncer la venue
au monde de leur fille
Mériadec

Monsieur et Madame
MESSANT
sont très fiers de vous
annoncer la naissance
de leur fils
Félicien

Monsieur et Madame
CHAMELLE
sont heureux de vous
faire part de la naissance
de leur fils
Barnabé

Monsieur et Madame
TALLONION
sont très fiers de vous
annoncer la naissance
de leur fils
Thomas

Monsieur et Madame
AMATELLAS
sont heureux de vous
faire part de la naissance
de leur fils
Antoine

Monsieur et Madame
DUMAN
se réjouissent d'annoncer la venue
au monde de leur fille
Mariette

Monsieur et Madame
TABILLE
ont la joie de vous
annoncer la naissance
de leur fils
Raoul

Monsieur et Madame
COMINDIEU
ont le plaisir de fêter
l'arrivée sur terre
de leur fils
Thibault

Monsieur et Madame
ADAISSIN
ont le bonheur de vous annoncer
la naissance de leur fille
Blanche

Monsieur et Madame
LEPOISSON
se réjouissent d'annoncer la venue
au monde de leur fils
Benoît

Monsieur et Madame
MAINSSOIRE
ont la joie de vous
annoncer la naissance
de leur fille
Yolande

Monsieur et Madame
ANFOUX
ont le plaisir de fêter
l'arrivée sur terre
de leur fils
Léonce

Monsieur et Madame
AULET
sont très fiers de vous
annoncer la naissance
de leur fils
Thierry

Monsieur et Madame
HALLAVY
sont heureux de vous
faire part de la naissance
de leur fille
Irénée

Monsieur et Madame
MATOZOÏDE
ont le bonheur de vous annoncer
la naissance de leur fils
Prosper

Monsieur et Madame
ALLORE
ont la joie de vous
annoncer la naissance
de leur fille
Berthe

Monsieur et Madame
LÉFÊLLÉ
ont le plaisir de fêter
l'arrivée sur terre
de leur fils
Olivier

Monsieur et Madame
NOYEUX
ont le bonheur de vous annoncer
la naissance de leur fils
Joël

Monsieur et Madame
LANDNEUF
sont très fiers de vous
annoncer la naissance
de leur fils
Guy

Monsieur et Madame
GROBIS
sont heureux de vous
faire part de la naissance
de leur fille
Marina

Monsieur et Madame
TOHOSAMANDE
se réjouissent d'annoncer la venue
au monde de leur fille
Olga

Monsieur et Madame
ERRAQUE
ont la joie de vous
annoncer la naissance
de leur fils
Frédéric

Monsieur et Madame
DEMÉNAGE
ont le plaisir de fêter
l'arrivée sur terre
de leur fils
Arsène

Monsieur et Madame
QUON
ont le bonheur de vous annoncer
la naissance de leur fils
Élie

Monsieur et Madame
ANEFILTRE
se réjouissent d'annoncer la venue
au monde de leur fille
Brigitte

Monsieur et Madame
POURCHAMBRAHÈRE
sont très fiers de vous
annoncer la naissance
de leur fille
Christine

Monsieur et Madame
UZE
sont heureux de vous
faire part de la naissance
de leur fils
Jacques

Monsieur et Madame
CÉPALPIET
sont très fiers de vous
annoncer la naissance
de leur fils
Samson

Monsieur et Madame
ALORRE
sont heureux de vous
faire part de la naissance
de leur fille
Marthe

Monsieur et Madame
TABAGNOL
se réjouissent d'annoncer la venue
au monde de leur fils
Alphonse

Monsieur et Madame
ABALDAQUIN
ont la joie de vous
annoncer la naissance
de leur fille
Nathalie

Monsieur et Madame
DIRRATAMAIRE
ont le plaisir de fêter
l'arrivée sur terre
de leur fils
Oswald

Monsieur et Madame
SONLINGE
ont le bonheur de vous annoncer
la naissance de leur fils
Gaétan

Monsieur et Madame
KAFAIRATTENTION
se réjouissent d'annoncer la venue
au monde de leur fille
Nina

Monsieur et Madame
COMCHÉVOUS
ont la joie de vous
annoncer la naissance
de leur fille
Yvette

Monsieur et Madame
O'SEXUEL
ont le plaisir de fêter
l'arrivée sur terre
de leur fils
Guillaume

Monsieur et Madame
FASSOL
sont très fiers de vous
annoncer la naissance
de leur fils
Rémi

Monsieur et Madame
DE QUESTIONS
sont heureux de vous
faire part de la naissance
de leur fils
Marcel

Monsieur et Madame
O'LAIOMME
ont le bonheur de vous annoncer
la naissance de leur fille
Roselyne

Monsieur et Madame
SAVY
ont la joie de vous
annoncer la naissance
de leur fille
Prisca

Monsieur et Madame
DE SYOUX
ont le plaisir de fêter
l'arrivée sur terre
de leur fils
Marius

Monsieur et Madame
IMPURABREUVENOSILLONS
ont le bonheur de vous annoncer
la naissance de leur fils
Vincent

Monsieur et Madame
PARUNAZÉRO
sont très fiers de vous
annoncer la naissance
de leur fils
Sébastien

Monsieur et Madame
MOITRANQUILLE
sont heureux de vous
faire part de la naissance
de leur fille
Agnès

Monsieur et Madame
DIGRAS
se réjouissent d'annoncer la venue
au monde de leur fils
Bernard

Monsieur et Madame
ÉCONNE
ont la joie de vous
annoncer la naissance
de leur fils
Aristide

Monsieur et Madame
AIDELAINE
ont le plaisir de fêter
l'arrivée sur terre
de leur fils
Gilles

Monsieur et Madame
OFARINGITE
ont le bonheur de vous annoncer
la naissance de leur fille
Reine

Monsieur et Madame
POSSIBLE
se réjouissent d'annoncer la venue
au monde de leur fils
Alain

Monsieur et Madame
ESSONROT
sont très fiers de vous
annoncer la naissance
de leur fils
Adelphe

Monsieur et Madame
HAFLEURDEPOT
sont heureux de vous
faire part de la naissance
de leur fils
Apollinaire

Monsieur et Madame
NERVE
sont très fiers de vous
annoncer la naissance
de leur fille
Aimée

Monsieur et Madame
DONVOU
sont heureux de vous
faire part de la naissance
de leur fille
Édith

Monsieur et Madame
MAPORTE
se réjouissent d'annoncer la venue
au monde de leur fille
Sonia

Monsieur et Madame
NEUFSANG
ont la joie de vous
annoncer la naissance
de leur fils
Émile

Monsieur et Madame
CONTRAIRE
ont le plaisir de fêter
l'arrivée sur terre
de leur fils
Davy

Monsieur et Madame
TOUPUISSANT
ont le bonheur de vous annoncer
la naissance de leur fils
Mathieu

Monsieur et Madame
PUDEBIAIREDANLEFRIGAUX
se réjouissent d'annoncer la venue
au monde de leur fils
Roger

Monsieur et Madame
ASSICMONPOTTE
ont la joie de vous
annoncer la naissance
de leur fils
Thècle

Monsieur et Madame
ADONÉDEUX
ont le plaisir de fêter
l'arrivée sur terre
de leur fils
Hermann

Monsieur et Madame
TINOPLE
sont très fiers de vous
annoncer la naissance
de leur fils
Constant

Monsieur et Madame
ANIÉTALÈTRE
sont heureux de vous
faire part de la naissance
de leur fils
Jérôme

Monsieur et Madame
TÉTRAIJEUNE
ont le bonheur de vous annoncer
la naissance de leur fille
Thérèse

Monsieur et Madame
TOUTTE
ont la joie de vous
annoncer la naissance
de leur fille
Arielle

Monsieur et Madame
DEAUX
ont le plaisir de fêter
l'arrivée sur terre
de leur fils
Léger

Monsieur et Madame
DELISSE
ont le bonheur de vous annoncer la
naissance de leur fille
Fleur

Monsieur et Madame
DEVAISSELLE
sont très fiers de vous
annoncer la naissance
de leur fils
Bruno

Monsieur et Madame
DIRONDELLE
sont heureux de vous
faire part de la naissance
de leur fils
Denis

Monsieur et Madame
ZIMODEAUX
se réjouissent d'annoncer la venue
au monde de leur fils
Lucas

Monsieur et Madame
SÈTE
ont la joie de vous
annoncer la naissance
de leur fils
Édouard

Monsieur et Madame
AZIL
ont le plaisir de fêter
l'arrivée sur terre
de leur fille
Claire

Monsieur et Madame
PEULERIDO
ont le bonheur de vous annoncer
la naissance de leur fils
Firmin

Monsieur et Madame
AIBAITIZE
se réjouissent d'annoncer la venue
au monde de leur fils
Alfred

Monsieur et Madame
ISSÉFAITE
sont très fiers de vous
annoncer la naissance
de leur fils
Just

Monsieur et Madame
EULESSAIT
sont heureux de vous
faire part de la naissance
de leur fille
Edwige

Monsieur et Madame
HARNE
sont très fiers de vous
annoncer la naissance
de leur fils
Luc

Monsieur et Madame
SENS
sont heureux de vous
faire part de la naissance
de leur fils
René

Monsieur et Madame
OLÉUM
se réjouissent d'annoncer la venue
au monde de leur fille
Aline

Monsieur et Madame
ANGULAIRE
ont la joie de vous
annoncer la naissance
de leur fils
Dimitri

Monsieur et Madame
CUSSONAIX
ont le plaisir de fêter
l'arrivée sur terre
de leur fils
Simon

Monsieur et Madame
AYENCOIN
ont le bonheur de vous annoncer
la naissance de leur fille
Laure

Monsieur et Madame
LINGOT
se réjouissent d'annoncer la venue
au monde de leur fils
Hubert

Monsieur et Madame
ATTAN
ont la joie de vous
annoncer la naissance
de leur fils
Charles

Monsieur et Madame
DANGE
ont le plaisir de fêter
l'arrivée sur terre
de leur fille
Sylvie

Monsieur et Madame
NETTEBAVEUSE
sont très fiers de vous
annoncer la naissance
de leur fille
Karine

Monsieur et Madame
HUE
sont heureux de vous
faire part de la naissance
de leur fille
Emma

Monsieur et Madame
DETAILLE
ont le bonheur de vous annoncer
la naissance de leur fils
Pierre

Monsieur et Madame
NISME
ont la joie de vous
annoncer la naissance
de leur fille
Christiane

Monsieur et Madame
SENFOUX
ont le plaisir de fêter
l'arrivée sur terre
de leur fils
Léon

Monsieur et Madame
MONTELEPOIL
ont le bonheur de vous annoncer
la naissance de leur fils
Geoffroy

Monsieur et Madame
GAMOTTE
sont très fiers de vous
annoncer la naissance
de leur fils
Albert

Monsieur et Madame
COMSÉPIEZ
sont heureux de vous
faire part de la naissance
de leur fille
Élisabeth

Monsieur et Madame
CUSSAIDUPOULAY
se réjouissent d'annoncer la venue
au monde de leur fils
Edmond

Monsieur et Madame
AFAITE
ont la joie de vous
annoncer la naissance
de leur fils
Ernest

Monsieur et Madame
ENSSIEUX
ont le plaisir de fêter
l'arrivée sur terre
de leur fille
Cécile

Monsieur et Madame
TALEAUX
ont le bonheur de vous annoncer
la naissance de leur fils
Clément

Monsieur et Madame
PEUSSESSOIRE
se réjouissent d'annoncer la venue
au monde de leur fils
Saturnin

Monsieur et Madame
MAREZ
sont très fiers de vous
annoncer la naissance
de leur fils
Conrad

Monsieur et Madame
HITÉE
sont heureux de vous
faire part de la naissance
de leur fille
Catherine

Monsieur et Madame
SANSSONEZ
sont très fiers de vous
annoncer la naissance
de leur fils
André

Monsieur et Madame
DÉGOUT
sont heureux de vous
faire part de la naissance
de leur fille
Barbara

Monsieur et Madame
BIENLEPETIT
se réjouissent d'annoncer la venue
au monde de leur fils
Ambroise

Monsieur et Madame
BAUL
ont la joie de vous
annoncer la naissance de
leur fils
Gérald

Monsieur et Madame
OUCHTOILAS
ont le plaisir de fêter
l'arrivée sur terre
de leur fils
Romaric

Monsieur et Madame
AMÉTAUX
ont le bonheur de vous annoncer
la naissance de leur fille
Lucie

Monsieur et Madame
NANA
sont très fiers de vous
annoncer la naissance
de leur fils
Judas

Monsieur et Madame
TÉRIEUR
sont heureux de vous
faire part de la naissance
de leurs fils
Alain et Alex

Monsieur et Madame
SURLAQUESTION
se réjouissent d'annoncer la venue
au monde de leur fils
Odilon

Monsieur et Madame
UNPETITKOUSAIBON
ont la joie de vous
annoncer la naissance
de leur fils
Édouard

Monsieur et Madame
COMBATTANT
ont le plaisir de fêter
l'arrivée sur terre
de leur fils
Lucien

Monsieur et Madame
APOLYTECHNIQUE
ont le bonheur de vous annoncer
la naissance de leur fils
Félix

Monsieur et Madame
VOZAFFAIRE
ont la joie de vous
annoncer la naissance
de leur fils
Roger

Monsieur et Madame
DEPINBEURREZ
ont le plaisir de fêter
l'arrivée sur terre
de leur fille
Martine

Monsieur et Madame
NEUFÉPALEMOINE
ont le bonheur de vous annoncer
la naissance de leur fils
Habib

Monsieur et Madame
SCHOSSETTE
sont très fiers de vous
annoncer la naissance
de leur fils
Jules

Monsieur et Madame
DÉPLOYÉ
sont heureux de vous
faire part de la naissance
de leur fils
Georges

Monsieur et Madame
AYEURZIZEVEUX
se réjouissent d'annoncer la venue
au monde de leur fils
Désiré

Monsieur et Madame
DECHEUVALLE
ont la joie de vous
annoncer la naissance
de leur fils
Roland

Monsieur et Madame
ANFAMILLE
ont le plaisir de fêter
l'arrivée sur terre
de leur fille
Blandine

Monsieur et Madame
OSSECOURT
ont le bonheur de vous annoncer
la naissance de leur fils
Aleyde

Monsieur et Madame
PADDUFAIRSSAT
se réjouissent d'annoncer la venue
au monde de leur fils
Honoré

Monsieur et Madame
MARISSIT
sont très fiers de vous
annoncer la naissance
de leur fils
Léonce

Monsieur et Madame
RIENDNOUVEAU
sont heureux de vous
faire part de la naissance
de leur fils
Aloys

Monsieur et Madame
YOPLABOUM
sont très fiers de vous
annoncer la naissance
de leur fils
Prosper

Monsieur et Madame
DEVARIETAIX
sont heureux de vous
faire part de la naissance
de leur fils
Narcisse

Monsieur et Madame
TRAVAYEPATRIE
se réjouissent d'annoncer la venue
au monde de leur fille
Camille

Monsieur et Madame
HALAUDE
ont la joie de vous
annoncer la naissance
de leur fille
Rose

Monsieur et Madame
DECHVODBOIX
ont le plaisir de fêter
l'arrivée sur terre
de leur fille
Nadège

Monsieur et Madame
HAVAIKSAMAITRAISSE
ont le bonheur de vous annoncer
la naissance de leur fille
Ondine

Monsieur et Madame
DIENDEBUTTE
se réjouissent d'annoncer la venue
au monde de leur fils
Edgar

Monsieur et Madame
PISSE
ont la joie de vous
annoncer la naissance
de leur fille
Aude

Monsieur et Madame
DUBATO
ont le plaisir de fêter
l'arrivée sur terre
de leur fils
Noé

Monsieur et Madame
DECOCHON
sont très fiers de vous
annoncer la naissance
de leur fils
Christian

Monsieur et Madame
LEMOINCHAIRE
sont heureux de vous
faire part de la naissance
de leur fils
Yvan

Monsieur et Madame
KUPONQUETURRE
ont le bonheur de vous annoncer
la naissance de leur fils
Jacques

Monsieur et Madame
PAHAILCALLE
ont la joie de vous
annoncer la naissance
de leur fils
Adhémar

Monsieur et Madame
DEUNON
ont le plaisir de fêter
l'arrivée sur terre
de leur fille
Ninon

Monsieur et Madame
KOMINARACHEURDEDANS
ont le bonheur de vous annoncer
la naissance de leur fils
Clément

Monsieur et Madame
NAGAZ
sont très fiers de vous
annoncer la naissance
de leur fille
Lucie

Monsieur et Madame
DE DEPOISSONS
sont heureux de vous
faire part de la naissance
de leur fille
Marina

Monsieur et Madame
ACULPA
se réjouissent d'annoncer la venue
au monde de leur fille
Neige

Monsieur et Madame
NAIDEUX
ont la joie de vous
annoncer la naissance
de leur fils
Jean

Monsieur et Madame
HERRAC
ont le plaisir de fêter
l'arrivée sur terre
de leur fils
Romaric

Monsieur et Madame
KIRI
ont le bonheur de vous annoncer
la naissance de leur fille
Barbara

Monsieur et Madame
SÉGRATUY
se réjouissent d'annoncer la venue
au monde de leur fils
André

Monsieur et Madame
DUCHEF
sont très fiers de vous
annoncer la naissance
de leur fille
Catherine

Monsieur et Madame
HÉPARBALLE
sont heureux de vous
faire part de la naissance
de leur fils
Gilles

Monsieur et Madame
COUSSÉTOU
sont très fiers de vous
annoncer la naissance
de leur fils
Justin

Monsieur et Madame
GIROMÈNE
sont heureux de vous
faire part de la naissance
de leur fils
Georges

Monsieur et Madame
DANLEPIF
se réjouissent d'annoncer la venue
au monde de leur fille
Emma

Monsieur et Madame
VOUDLA
ont la joie de vous
annoncer la naissance
de leur fils
Gautier

Monsieur et Madame
DERAIZIN
ont le plaisir de fêter
l'arrivée sur terre
de leur fils
Jules

Monsieur et Madame
SCROUTEDANMAMUSETT
ont le bonheur de vous annoncer
la naissance de leur fille
Jessica

Monsieur et Madame
ERGÉBEL
se réjouissent de la venue au monde
de leur fils
Octave

Monsieur et Madame
ZÉTOFRAY
ont la joie de vous
annoncer la naissance
de leur fille
Mélanie

Monsieur et Madame
ULAY
ont le plaisir de fêter
l'arrivée sur terre
de leurs fils
Yvon et Jacques

Monsieur et Madame
LEJOURÉLANUY
sont très fiers de vous
annoncer la naissance
de leur fils
Jacques-André

Monsieur et Madame
PANDULALEUR
sont heureux de vous
faire part de la naissance
de leur fille
Jamila

Monsieur et Madame
RAJARIVEJEUBRACADROITE
ont le bonheur de vous annoncer
la naissance de leur fille
Sylvie

Monsieur et Madame
SONTRAQUETEUR
ont la joie de vous
annoncer la naissance
de leur fils
Igor

Monsieur et Madame
MATHUÉ
ont le plaisir de fêter
l'arrivée sur terre
de leur fils
Omar

Monsieur et Madame
TRENTCINQUE
ont le bonheur de vous annoncer
la naissance de leur fils
Narcisse

Monsieur et Madame
SABORRE
sont très fiers de vous
annoncer la naissance
de leur fils
Émile

Monsieur et Madame
TURDIODE
sont heureux de vous
faire part de la naissance
de leur fils
Florentin

Monsieur et Madame
ONCULE
se réjouissent d'annoncer la venue
au monde de leur fille
Reine

Monsieur et Madame
TOCHAT
ont la joie de vous
annoncer la naissance
de leur fille
Clarisse

Monsieur et Madame
AIDANJOU
ont le plaisir de fêter
l'arrivée sur terre
de leur fille
Rose

Monsieur et Madame
ÉTROIKIFONHUITE
ont le bonheur de vous annoncer
la naissance de leur fils
Hyacinthe

Monsieur et Madame
SEPTE
se réjouissent d'annoncer la venue
au monde de leur fils
Jacques

Monsieur et Madame
COMLEJOUR
sont très fiers de vous
annoncer la naissance
de leur fils
Abel

Monsieur et Madame
FOIRET
sont heureux de vous
faire part de la naissance
de leur fils
Fernand

Monsieur et Madame
ÉTRUSSE
sont très fiers de vous
annoncer la naissance
de leur fils
Raoul

Monsieur et Madame
BOUTON
sont heureux de vous
faire part de la naissance
de leur fils
Florent

Monsieur et Madame
IFOURCHON
se réjouissent d'annoncer la venue
au monde de leur fils
Pascal

Monsieur et Madame
VOUDLA
ont la joie de vous
annoncer la naissance
de leur fils
Béranger

Monsieur et Madame
LEDIMANCHE
ont le plaisir de fêter
l'arrivée sur terre
de leur fils
Benjamin

Monsieur et Madame
AUPOMME
ont le bonheur de vous annoncer
la naissance de leur fils
Beaudoin

Monsieur et Madame
DAMOUR
se réjouissent d'annoncer la venue
au monde de leur fils
Romain

Monsieur et Madame
IFRAJOUR
ont la joie de vous
annoncer la naissance
de leur fils
Damien

Monsieur et Madame
TOIBIEN
ont le plaisir de fêter
l'arrivée sur terre
de leur fils
Sébastien

Monsieur et Madame
KABIENSTENIRE
sont très fiers de vous
annoncer la naissance
de leur fille
Nina

Monsieur et Madame
CÉDELOI
sont heureux de vous
faire part de la naissance
de leur fille
Mariette

Monsieur et Madame
DELILACOUVERTURGRATE
ont le bonheur de vous annoncer
la naissance de leur fille
Sandra

Monsieur et Madame
BRUEL
ont la joie de vous
annoncer la naissance
de leur fils
Patrick

Monsieur et Madame
CLIN
ont le plaisir de fêter
l'arrivée sur terre
de leur fils
Muguet

Monsieur et Madame
DÉMEURCE
ont le bonheur de vous annoncer
la naissance de leur fils
Boris

Monsieur et Madame
PAN
sont très fiers de vous
annoncer la naissance
de leur fils
Amédée

Monsieur et Madame
NADÉCLARÉ
sont heureux de vous
faire part de la naissance
de leur fils
Victorien

Monsieur et Madame
DÉZOMMEPERDU
se réjouissent d'annoncer la venue
au monde de leur fille
Apolline

Monsieur et Madame
HÈGRE
ont la joie de vous
annoncer la naissance
de leur fille
Ludivine

Monsieur et Madame
SAHALA-POUHBEL
ont le plaisir de fêter
l'arrivée sur terre
de leur fille
Georgette

Monsieur et Madame
CÉMIEUKADEU
ont le bonheur de vous annoncer
la naissance de leur fille
Agathe

Monsieur et Madame
DANLBABA
se réjouissent d'annoncer la venue
au monde de leur fille
Ella

Monsieur et Madame
DERADI
sont très fiers de vous
annoncer la naissance
de leur fille
Théophane

Monsieur et Madame
YBEUR
sont heureux de vous
faire part de la naissance
de leur fils
Conrad

Monsieur et Madame
SONFLAIGME
sont très fiers de vous
annoncer la naissance
de leur fils
Fulbert

Monsieur et Madame
DEUCENTROA
sont heureux de vous
faire part de la naissance
de leur fils
Benjamin

Monsieur et Madame
HÉFORSSÉ
se réjouissent d'annoncer la venue
au monde de leur fils
Gontran

Monsieur et Madame
COMMINVERT
ont la joie de vous
annoncer la naissance
de leur fille
Bienvenue

Monsieur et Madame
DESSENTYNEL
ont le plaisir de fêter
l'arrivée sur terre
de leur fille
Marguerite

Monsieur et Madame
OUINKÇA
ont le bonheur de vous annoncer
la naissance de leur fille
Cécile

Monsieur et Madame
TFAMLÉXITFAMDEPARI
se réjouissent d'annoncer la venue
au monde de leur fils
Alexis

Monsieur et Madame
TÉPAT
ont la joie de vous
annoncer la naissance
de leur fils
Narcisse

Monsieur et Madame
TIQUE
ont le plaisir de fêter
l'arrivée sur terre
de leur fils
Thaddée

Monsieur et Madame
PLANDISSANTE
sont très fiers de vous
annoncer la naissance
de leur fille
Thérèse

Monsieur et Madame
SIELLE
sont heureux de vous
faire part de la naissance
de leur fils
Juste

Monsieur et Madame
DEMASSEURDANSLACULOTTEDUNZOAV
ont le bonheur de vous annoncer
la naissance de leur fils
Armand

Monsieur et Madame
PARLANTTE
ont la joie de vous
annoncer la naissance
de leur fils
Euloge

Monsieur et Madame
KDÉCONNERY
ont le plaisir de fêter
l'arrivée sur terre
de leur fils
Tudi

Monsieur et Madame
OUTUGAGNE
ont le bonheur de vous annoncer
la naissance de leur fils
Hubert

Monsieur et Madame
QUETTE
sont très fiers de vous
annoncer la naissance
de leur fils
Lucas

Monsieur et Madame
KIKOUL
sont heureux de vous
faire part de la naissance
de leur fils
René

Monsieur et Madame
MOINONPLU
se réjouissent d'annoncer la venue
au monde de leur fille
Toinon

Monsieur et Madame
HATEURE
ont la joie de vous
annoncer la naissance
de leur fille
Bénédicte

Monsieur et Madame
DÉPICE
ont le plaisir de fêter
l'arrivée sur terre
de leur fils
Aubin

Monsieur et Madame
RAKLÈTARIVÉ
ont le bonheur de vous annoncer
la naissance de leur fils
Barthélemy

Monsieur et Madame
ANTIDEVOTPAR
se réjouissent d'annoncer la venue
au monde de leur fils
Serge

Monsieur et Madame
HUSKRY
sont très fiers de vous
annoncer la naissance
de leur fils
Herman

Monsieur et Madame
LOIZO
sont heureux de vous
faire part de la naissance
de leur fils
Côme

Monsieur et Madame
FÈDEVENIR
sont très fiers de vous
annoncer la naissance
de leur fils
Damien

Monsieur et Madame
KUNOREVOIR
sont heureux de vous
faire part de la naissance
de leur fille
Sonia

Monsieur et Madame
CHEVEUSURLATÈTAMATHIEU
se réjouissent d'annoncer la venue
au monde de leur fils
Hyacinthe

Monsieur et Madame
COUVERT
ont la joie de vous
annoncer la naissance
de leur fils
Armel

Monsieur et Madame
ACRÉDIT
ont le plaisir de fêter
l'arrivée sur terre
de leur fils
Sacha

Monsieur et Madame
AUPOTODETORTURE
ont le bonheur de vous annoncer
la naissance de leur fille
Natacha

Monsieur et Madame
HUNEDROLEDANBIANSSE
se réjouissent d'annoncer la venue
au monde de leur fille
Irène

Monsieur et Madame
MIEUFAIDPARTIR
ont la joie de vous
annoncer la naissance
de leur fils
Honoré

Monsieur et Madame
ÉMAMANCOUD
ont le plaisir de fêter
l'arrivée sur terre
de leur fils
Dominique

Monsieur et Madame
PÂQUES
sont très fiers de vous
annoncer la naissance
de leur fils
Eudes

Monsieur et Madame
VÉNITIEN
sont heureux de vous
faire part de la naissance
de leur fils
Nestor

Monsieur et Madame
SOUHAF-BOUHA-HINKOU
ont le bonheur de vous annoncer
la naissance de leur fille
Zita

Monsieur et Madame
SÈCHE
ont la joie de vous
annoncer la naissance
de leur fils
Georges

Monsieur et Madame
SKELPEUVE
ont le plaisir de fêter
l'arrivée sur terre
de leur fils
Alphonse

Monsieur et Madame
KIMÉRYTE
ont le bonheur de vous annoncer
la naissance de leur fils
Ignace

Monsieur et Madame
TÉANBÈCE
sont très fiers de vous
annoncer la naissance
de leur fille
Nathalie

Monsieur et Madame
VENIZPROVANSSAL
sont heureux de vous
faire part de la naissance
de leur fils
Mathieu

Monsieur et Madame
KOMANDEMAN
se réjouissent d'annoncer la venue
au monde de leur fille
Lydie

Monsieur et Madame
DINGDONG
ont la joie de vous
annoncer la naissance
de leur fille
Claudine

Monsieur et Madame
ANSSOUSSOL
ont le plaisir de fêter
l'arrivée sur terre
de leur fille
Élodie

Monsieur et Madame
HAUDECOR
ont le bonheur de vous annoncer
la naissance de leur fils
Patrick

Monsieur et Madame
DRASSÉZAR
se réjouissent d'annoncer la venue
au monde de leur fils
Florent

Monsieur et Madame
ZÉPROFY
sont très fiers de vous
annoncer la naissance
de leur fille
Berthe

Monsieur et Madame
CHOZENÇONTAN
sont heureux de vous
faire part de la naissance
de leur fils
Jacques

Monsieur et Madame
YEUMIEU
sont très fiers de vous
annoncer la naissance
de leur fils
Joachim

Monsieur et Madame
YORADÉZOME
sont heureux de vous
faire part de la naissance
de leur fils
Tanguy

Monsieur et Madame
STAUNE
se réjouissent d'annoncer la venue
au monde de leur fils
Charley

Monsieur et Madame
YGRA
ont la joie de vous
annoncer la naissance
de leur fille
Marthe

Monsieur et Madame
VOUPAJARIVE
ont le plaisir de fêter
l'arrivée sur terre
de leur fils
Béranger

Monsieur et Madame
ODUVILLAGE
ont le bonheur de vous annoncer
la naissance de leur fille
Lydie

Monsieur et Madame
SURLAMOKETT
se réjouissent d'annoncer la venue
au monde de leur fils
Alexandre

Monsieur et Madame
DEFON
ont la joie de vous
annoncer la naissance
de leur fils
Antoine

Monsieur et Madame
HAKÊLEURE
ont le plaisir de fêter
l'arrivée sur terre
de leur fille
Amandine

Monsieur et Madame
DEMÉNILMONTANT
sont très fiers de vous
annoncer la naissance
de leur fille
Olga

Monsieur et Madame
HOCHON
sont heureux de vous
faire part de la naissance
de leur fils
Paul

Monsieur et Madame
DECANAR
ont le bonheur de vous annoncer
la naissance de leur fille
Perrine

Monsieur et Madame
ABIENFER
ont la joie de vous
annoncer la naissance
de leur fille
Clémence

Monsieur et Madame
DE CONDUITE
ont le plaisir de fêter
l'arrivée sur terre
de leur fils
Giraud

Monsieur et Madame
KANTONLACHATOUILLE
ont le bonheur de vous annoncer
la naissance de leur fils
Éric

Monsieur et Madame
TOUSKELGAGNE
sont très fiers de vous
annoncer la naissance
de leur fils
Herbert

Monsieur et Madame
ALAGRÉABLE
sont heureux de vous
faire part de la naissance
de leur fille
Lucile

Monsieur et Madame
MENTIMPORTAN
se réjouissent d'annoncer la venue
au monde de leur fille
Estelle

Monsieur et Madame
LAGORGE
ont la joie de vous
annoncer la naissance
de leur fille
Tamara

Monsieur et Madame
SATROIFOIS
ont le plaisir de fêter
l'arrivée sur terre
de leur fils
Jérémie

Monsieur et Madame
SÈTESOMPTUEUSEDEMEURPOURUNPRIDÉRISOIR
ont le bonheur de vous annoncer
la naissance de leur fille
Jackie

Monsieur et Madame
ZELPOURMONMOTEUR
se réjouissent d'annoncer la venue
au monde de leur fils
Didier

Monsieur et Madame
FAIBIENLÉCHOSE
sont très fiers de vous
annoncer la naissance
de leur fils
Lazare

Monsieur et Madame
HIKONKARNÉ
sont heureux de vous
faire part de la naissance
de leur fils
Achille

Monsieur et Madame
LÉZAUTRE
sont très fiers de vous
annoncer la naissance
de leur fils
Pacôme

Monsieur et Madame
ATOUVANT
sont heureux de vous
faire part de la naissance
de leur fils
Anselme

Monsieur et Madame
OIKIMALIPANCE
se réjouissent d'annoncer la venue
au monde de leur fille
Denise

Monsieur et Madame
ÉPLEINE
ont la joie de vous
annoncer la naissance
de leur fils
Mathias

Monsieur et Madame
ONTROUVTOU
ont le plaisir de fêter
l'arrivée sur terre
de leur fille
Gisèle

Monsieur et Madame
ACONTEDOTEUR
ont le bonheur de vous annoncer
la naissance de leur fille
Judith

Monsieur et Madame
MÉTOUTANCOULEURE
se réjouissent d'annoncer la venue
au monde de leur fils
Paterne

Monsieur et Madame
POUPOULE
ont la joie de vous
annoncer la naissance
de leur fils
Flavien

Monsieur et Madame
ACHAPEAU
ont le plaisir de fêter
l'arrivée sur terre
de leur fils
Gaston

Monsieur et Madame
GIROFLE
sont très fiers de vous
annoncer la naissance
de leur fils
Claude

Monsieur et Madame
URTRANCHE
sont heureux de vous
faire part de la naissance
de leur fille
Doris

Monsieur et Madame
ÉCERÉVEILLOCAFÉ
ont le bonheur de vous annoncer
la naissance de leur fille
Dorothée

Monsieur et Madame
DEJEU
ont la joie de vous
annoncer la naissance
de leur fille
Claudette

Monsieur et Madame
DEUFOIPARMOI
ont le plaisir de fêter
l'arrivée sur terre
de leur fils
Blaise

Monsieur et Madame
LEMANCHAPRÈLACOGNÉ
ont le bonheur de vous annoncer
la naissance de leur fille
Georgette

Monsieur et Madame
POURINYANAPOURDEU
sont très fiers de vous
annoncer la naissance
de leur fille
Tatiana

Monsieur et Madame
DEVAKANCE
sont heureux de vous
faire part de la naissance
de leur fils
Édouard

Monsieur et Madame
DELAJINGLE
se réjouissent d'annoncer la venue
au monde de leur fille
Olive

Monsieur et Madame
DUSUDESTE
ont la joie de vous
annoncer la naissance
de leur fille
Anastasie

Monsieur et Madame
PTITEGOUTE
ont le plaisir de fêter
l'arrivée sur terre
de leur fille
Justine

Monsieur et Madame
ALAPOST
ont le bonheur de vous annoncer
la naissance de leur fille
Colette

Monsieur et Madame
ILOCAL
se réjouissent d'annoncer la venue
au monde de leur fils
Anasthase

Monsieur et Madame
CANTIQUE
sont très fiers de vous
annoncer la naissance
de leur fils
Antonin

Monsieur et Madame
DUBATOT
sont heureux de vous
faire part de la naissance
de leur fille
Zoé

Monsieur et Madame
THÉRIK
sont très fiers de vous
annoncer la naissance
de leur fille
Isa

Monsieur et Madame
NILEROY-NILADAME
sont heureux de vous
faire part de la naissance
de leur fils
Stanislas

Monsieur et Madame
DE SATURNE
se réjouissent de la venue
au monde de leur fils
Arnaud

Monsieur et Madame
LEMÉTIER
ont la joie de vous
annoncer la naissance
de leur fille
Agathe

Monsieur et Madame
TOFERNUI
ont le plaisir de fêter
l'arrivée sur terre
de leur fils
Fabien

Monsieur et Madame
DUSABRE
ont le bonheur de vous annoncer
la naissance de leur fille
Prudence

Monsieur et Madame
DE PAPILLON
se réjouissent d'annoncer la venue
au monde de leur fille
Gisèle

Monsieur et Madame
DEGRIS
ont la joie de vous
annoncer la naissance
de leur fils
Silvère

Monsieur et Madame
HUSSE
ont le plaisir de fêter
l'arrivée sur terre
de leur fille
Anne

Monsieur et Madame
ZÉMESSIEUX
sont très fiers de vous
annoncer la naissance
de leur fils
Médard

Monsieur et Madame
AUSORE
sont heureux de vous
faire part de la naissance
de leur fille
Blandine

Monsieur et Madame
JACTA-EST
ont le bonheur de vous annoncer
la naissance de leur fille
Alida

Monsieur et Madame
ALLUIMÈME
ont la joie de vous
annoncer la naissance
de leur fils
Fidèle

Monsieur et Madame
DEMESSE
ont le plaisir de fêter
l'arrivée sur terre
de leur fille
Olive

Monsieur et Madame
ACHÉLEU
ont le bonheur de vous annoncer
la naissance de leur fille
Odette

Monsieur et Madame
ALAFOLI
sont très fiers de vous
annoncer la naissance
de leur fils
Anselme

Monsieur et Madame
LE DRAPOBLANC
sont heureux de vous
faire part de la naissance
de leur fils
Anicet

Monsieur et Madame
DIVERS
se réjouissent d'annoncer la venue
au monde de leur fils
Parfait

Monsieur et Madame
LE PAQUET
ont la joie de vous
annoncer la naissance
de leur fils
Aimé

Monsieur et Madame
GOBERT
ont le plaisir de fêter
l'arrivée sur terre
de leur fille
Ida

Monsieur et Madame
DESCONNE
ont le bonheur de vous annoncer
la naissance de leur fille
Irène

Monsieur et Madame
SPIRATION
se réjouissent d'annoncer la venue
au monde de leur fils
Gontran

Monsieur et Madame
ANDGENTLEMAN
sont très fiers de vous
annoncer la naissance
de leur fille
Gladys

Monsieur et Madame
DBOZIEU
sont heureux de vous
faire part de la naissance
de leur fille
Ella

Monsieur et Madame
ESSANFAUTE
sont très fiers de vous
annoncer la naissance
de leur fille
Bénédicte

Monsieur et Madame
TOUNET
sont heureux de vous
faire part de la naissance
de leur fils
Patrice

Monsieur et Madame
DESBOIS
se réjouissent d'annoncer la venue
au monde de leur fils
Aubin

Monsieur et Madame
ILLUC
ont la joie de vous
annoncer la naissance
de leur fils
Luc

Monsieur et Madame
PILLE
ont le plaisir de fêter
l'arrivée sur terre
de leur fils
Nestor

Monsieur et Madame
DE POMPÉI
ont le bonheur de vous annoncer
la naissance de leur fille
Honorine

Monsieur et Madame
AMÉMUCHO
se réjouissent d'annoncer la venue
au monde de leur fils
Blaise

Monsieur et Madame
DANLVANTRE
ont la joie de vous
annoncer la naissance
de leur fils
Victorien

Monsieur et Madame
HALATION
ont le plaisir de fêter
l'arrivée sur terre
de leur fille
Apolline

Monsieur et Madame
DUPIÉ
sont très fiers de vous
annoncer la naissance
de leur fille
Isabelle

Monsieur et Madame
SAINT-LAGARE
sont heureux de vous
faire part de la naissance
de leur fils
Lazare

Monsieur et Madame
OFANE
ont le bonheur de vous annoncer
la naissance de leur fils
Marcel

Monsieur et Madame
MÉLODIC
ont la joie de vous
annoncer la naissance
de leur fille
Roseline

Monsieur et Madame
PASSET
ont le plaisir de fêter
l'arrivée sur terre
de leur fils
Édouard

Monsieur et Madame
TIM
ont le bonheur de vous annoncer
la naissance de leur fils
Vincent

Monsieur et Madame
USTE
sont très fiers de vous
annoncer la naissance
de leur fille
Yvette

Monsieur et Madame
STERDAM
sont heureux de vous
faire part de la naissance
de leur fils
Abraham

Monsieur et Madame
TOMBALLE
se réjouissent d'annoncer la venue
au monde de leur fils
Pierre

Monsieur et Madame
AUBOR
ont la joie de vous
annoncer la naissance
de leur fils
Juste

Monsieur et Madame
ABOIT
ont le plaisir de fêter
l'arrivée sur terre
de leur fils
Lucien

Monsieur et Madame
HOUBIENLUI
ont le bonheur de vous annoncer
la naissance de leur fille
Estelle

Monsieur et Madame
HAMATLA
se réjouissent d'annoncer la venue
au monde de leur fille
Étoile

Monsieur et Madame
HALAVÉ
sont très fiers de vous
annoncer la naissance
de leur fils
Achille

Monsieur et Madame
DEMARRÉE
sont heureux de vous
faire part de la naissance
de leur fils
Gérald

Monsieur et Madame
VABEAU
sont très fiers de vous
annoncer la naissance
de leur fils
Nicolas

Monsieur et Madame
DANSLOTRE
sont heureux de vous
faire part de la naissance
de leur fils
Ghislain

Monsieur et Madame
PEUTAGUEULE
se réjouissent d'annoncer la venue
au monde de leur fils
Firmin

Monsieur et Madame
PÉTISSANT
ont la joie de vous
annoncer la naissance
de leur fille
Flora

Monsieur et Madame
D'ANGERS
ont le plaisir de fêter
l'arrivée sur terre
de leur fille
Sylvie

Monsieur et Madame
DECANARD
ont le bonheur de vous annoncer
la naissance de leur fils
Geoffroy

Monsieur et Madame
NERVOUPOSSÈDE
se réjouissent d'annoncer la venue
au monde de leur fils
Quentin

Monsieur et Madame
CHÉNOU
ont la joie de vous
annoncer la naissance
de leur fils
Bienvenue

Monsieur et Madame
HAN
ont le plaisir de fêter
l'arrivée sur terre
de leur fils
Théodore

Monsieur et Madame
DANLENEZ
sont très fiers de vous
annoncer la naissance
de leur fils
Sidoine

Monsieur et Madame
PEUVITTE
sont heureux de vous
faire part de la naissance
de leur fils
Saturnin

Monsieur et Madame
AUSARME
ont le bonheur de vous annoncer
la naissance de leur fils
Matthieu

Monsieur et Madame
TAMBOULE
ont la joie de vous
annoncer la naissance
de leur fils
Maurice

Monsieur et Madame
GRILLET
ont le plaisir de fêter
l'arrivée sur terre
de leur fils
Crépin

Monsieur et Madame
FATIC
ont le bonheur de vous annoncer
la naissance de leur fils
Alain

Monsieur et Madame
ACATFEUIL
sont très fiers de vous
annoncer la naissance
de leur fils
Adelphe

Monsieur et Madame
SACULOTTE
sont heureux de vous
faire part de la naissance
de leur fille
Rosalie

Monsieur et Madame
ÉATERME
se réjouissent d'annoncer la venue
au monde de leur fille
Hélène

Monsieur et Madame
DÉBAITE
ont la joie de vous
annoncer la naissance
de leur fils
Barthélemy

Monsieur et Madame
MONICA
ont le plaisir de fêter
l'arrivée sur terre
de leur fils
Bernard

Monsieur et Madame
CONSIGNÉ
ont le bonheur de vous annoncer
la naissance de leur fils
Hippolyte

Monsieur et Madame
DORE
se réjouissent d'annoncer la venue
au monde de leur fils
Louis

Monsieur et Madame
TANLAPERCHE
sont très fiers de vous
annoncer la naissance
de leur fille
Brigitte

Monsieur et Madame
IMÉLO
sont heureux de vous
faire part de la naissance
de leur fils
Armel

Monsieur et Madame
ARAGUA
sont très fiers de vous
annoncer la naissance
de leur fille
Dominique

Monsieur et Madame
AUSTIC
sont heureux de vous
faire part de la naissance
de leur fille
Diane

Monsieur et Madame
SAINT-DENIS
se réjouissent d'annoncer la venue
au monde de leur fils
Arsène

Monsieur et Madame
SANCESSE
ont la joie de vous
annoncer la naissance
de leur fille
Irénée

Monsieur et Madame
TUMEPLÉ
ont le plaisir de fêter
l'arrivée sur terre
de leur fils
Thibaut

Monsieur et Madame
TATATATATATATATATA
ont le bonheur de vous annoncer
la naissance de leurs fils
Starsky et Hutch

Monsieur et Madame
STASSOUPE
se réjouissent d'annoncer la venue
au monde de leur fils
Armand

Monsieur et Madame
RAI DE FAIRMIEUX
ont la joie de vous
annoncer la naissance
de leur fils
Jesse

Monsieur et Madame
DE BHEUR
ont le plaisir de fêter
l'arrivée sur terre
de leur fils
Benoît

Monsieur et Madame
PURPOR
sont très fiers de vous
annoncer la naissance
de leur fille
Henriette

Monsieur et Madame
VAGEDIRECT
sont heureux de vous
faire part de la naissance
de leur fils
Harry

Monsieur et Madame
HAIHENKORBOUCHÉ
ont le bonheur de vous annoncer
la naissance de leur fils
Olivier

Monsieur et Madame
RSONMENKÉ
ont la joie de vous
annoncer la naissance
de leur fille
Olga

Monsieur et Madame
DAIJOUR
ont le plaisir de fêter
l'arrivée sur terre
de leur fils
Théophile

Monsieur et Madame
DINDOUTE
ont le bonheur de vous annoncer
la naissance de leur fille
Colombe

Monsieur et Madame
XIONÈRE
sont très fiers de vous
annoncer la naissance
de leur fils
Briac

Monsieur et Madame
GALAUX
sont heureux de vous
faire part de la naissance
de leur fils
Urbain

Monsieur et Madame
LOPETOI
se réjouissent d'annoncer la venue
au monde de leur fille
Tessa

Monsieur et Madame
MOIFOR
ont la joie de vous
annoncer la naissance
de leur fils
Ambroise

Monsieur et Madame
DUPLUFAURE
ont le plaisir de fêter
l'arrivée sur terre
de leur fils
Éloi

Monsieur et Madame
O'DE PORC
ont le bonheur de vous annoncer
la naissance de leur fils
Franck

Monsieur et Madame
KAFÉRATENTION
se réjouissent d'annoncer la venue
au monde de leur fils
Xavier

Monsieur et Madame
DHA
sont très fiers de vous
annoncer la naissance
de leur fille
Ada

Monsieur et Madame
PAPA
sont heureux de vous
faire part de la naissance
de leur fille
Barbara

Monsieur et Madame
HINOIR
sont très fiers de vous
annoncer la naissance
de leur fils
Conrad

Monsieur et Madame
CHAMPAGNE
sont heureux de vous
faire part de la naissance
de leur fille
Delphine

Monsieur et Madame
DJENDARM
se réjouissent d'annoncer la venue
au monde de leur fille
Ketty

Monsieur et Madame
TINTIN
ont la joie de vous
annoncer la naissance
de leur fils
Séverin

Monsieur et Madame
CÉLÈRE
ont le plaisir de fêter
l'arrivée sur terre
de leur fils
Jacques

Monsieur et Madame
COMDELAUDROCHE
ont le bonheur de vous annoncer
la naissance de leur fille
Claire

Monsieur et Madame
HAMANGÉDUFOIN
se réjouissent d'annoncer la venue
au monde de leur fille
Babette

Monsieur et Madame
HABONDIEU
ont la joie de vous
annoncer la naissance
de leur fille
Lisbeth

Monsieur et Madame
HÉLEKORBO
ont le plaisir de fêter
l'arrivée sur terre
de leur fils
Léonard

Monsieur et Madame
PAPANOÈLE
sont très fiers de vous
annoncer la naissance
de leur fille
Peguy

Monsieur et Madame
DANIOROTI
sont heureux de vous
faire part de la naissance
de leur fils
Léopold

Monsieur et Madame
DONKSQUETUPENSSE
ont le bonheur de vous annoncer
la naissance de leur fille
Daisy

Monsieur et Madame
LEZOUTE
ont la joie de vous
annoncer la naissance
de leur fils
Vinocle

Monsieur et Madame
D'ANTHÈRE
ont le plaisir de fêter
l'arrivée sur terre
de leur fils
Zacharie

Monsieur et Madame
HUNPETIKOUSAITAGRÉHABLE
ont le bonheur de vous annoncer
la naissance de leur fils
Magloire

Monsieur et Madame
SOMBRE
sont très fiers de vous
annoncer la naissance
de leur fils
Crépin

Monsieur et Madame
DE SAISSENDRE
sont heureux de vous
faire part de la naissance
de leur fille
Renée

Monsieur et Madame
HAVENLAPHIN
se réjouissent d'annoncer la venue
au monde de leur fille
Adeline

Monsieur et Madame
SOIKIMALIPANCE
ont la joie de vous
annoncer la naissance
de leur fils
Denis

Monsieur et Madame
BHICÉOUDITE
ont le plaisir de fêter
l'arrivée sur terre
de leur fille
Sarah

Monsieur et Madame
KOMALAPRUNELDEMAIZIEU
ont le bonheur de vous annoncer
la naissance de leur fils
Ghislain

Monsieur et Madame
RATIF
se réjouissent d'annoncer la venue
au monde de leur fils
Luc

Monsieur et Madame
HÉLÉKTORAL
sont très fiers de vous
annoncer la naissance
de leur fils
Calixte

Monsieur et Madame
KOMILPHO
sont heureux de vous
faire part de la naissance
de leur fils
Juste

Monsieur et Madame
PAKOMSA
sont très fiers de vous
annoncer la naissance
de leur fille
Fleur

Monsieur et Madame
D'HAJEUN
sont heureux de vous
faire part de la naissance
de leur fils
Bruno

Monsieur et Madame
HIPONTOISE
se réjouissent d'annoncer la venue
au monde de leur fils
Serge

Monsieur et Madame
SAUSSIAL
ont la joie de vous
annoncer la naissance
de leur fils
Serge

Monsieur et Madame
HALAMIABLE
ont le plaisir de fêter
l'arrivée sur terre
de leur fils
Constant

Monsieur et Madame
HONDUPLUFOR
ont le bonheur de vous annoncer
la naissance de leur fille
Thérèse

Monsieur et Madame
YVAIRCERRE
se réjouissent d'annoncer la venue
au monde de leur fille
Anne

Monsieur et Madame
ZEBLOUZ
ont la joie de vous
annoncer la naissance
de leur fille
Agathe

Monsieur et Madame
DEKADIXE
ont le plaisir de fêter
l'arrivée sur terre
de leur fille
Anabelle

Monsieur et Madame
PRUDENCE
sont très fiers de vous
annoncer la naissance
de leur fils
Jorris

Monsieur et Madame
HELADMANDE
sont heureux de vous
faire part de la naissance
de leur fils
Christophe

Monsieur et Madame
POILILÉFAIBLE
ont le bonheur de vous annoncer
la naissance de leur fils
Samson

Monsieur et Madame
SURLAINEMI
ont la joie de vous
annoncer la naissance
de leur fils
Alphonse

Monsieur et Madame
HEYE
ont le plaisir de fêter
l'arrivée sur terre
de leur fille
Aure

Monsieur et Madame
INPEUTIKOUSETAGRAIHABL
ont le bonheur de vous annoncer
la naissance de leur fils
Grégoire

Monsieur et Madame
MAUKROIZÉ
sont très fiers de vous
annoncer la naissance
de leur fille
Ingrid

Monsieur et Madame
SALOR
sont heureux de vous
faire part de la naissance
de leur fils
Firmin

Monsieur et Madame
ÉDANUBE
se réjouissent d'annoncer la venue
au monde de leur fils
Honorin

Monsieur et Madame
HANGELUR
ont la joie de vous
annoncer la naissance
de leur fils
Romain

Monsieur et Madame
DÉÏ
ont le plaisir de fêter
l'arrivée sur terre
de leur fille
Agnès

Monsieur et Madame
RIMONAMOUR
ont le bonheur de vous annoncer
la naissance de leur fils
Moshé

Monsieur et Madame
AITROTARPOURBIENFER
se réjouissent d'annoncer la venue
au monde de leur fille
Réjane

Monsieur et Madame
KARELLAIMUETTE
sont très fiers de vous
annoncer la naissance
de leur fils
Adrien

Monsieur et Madame
MAITONNE
sont heureux de vous
faire part de la naissance
de leur fils
Sacha

Monsieur et Madame
HOCHECŒUR
sont très fiers de vous
annoncer la naissance
de leur fils
Fiacre

Monsieur et Madame
HÉGARHONE
sont heureux de vous
faire part de la naissance
de leur fille
Charlotte

Monsieur et Madame
DE PÉTRHOL
se réjouissent d'annoncer la venue
au monde de leur fils
Frédéric

Monsieur et Madame
KOMINSOUNEUF
ont la joie de vous
annoncer la naissance
de leur fils
Thibault

Monsieur et Madame
DAIMÉKANICK
ont le plaisir de fêter
l'arrivée sur terre
de leur fils
Raoul

Monsieur et Madame
DUSCHVALBLAN
ont le bonheur de vous annoncer
la naissance de leur fille
Aubierge

Monsieur et Madame
POCIBLENULNAITHENU
se réjouissent d'annoncer la venue
au monde de leur fils
Alain

Monsieur et Madame
PHINE
ont la joie de vous
annoncer la naissance
de leur fils
Louis

Monsieur et Madame
VAIRSSA
ont le plaisir de fêter
l'arrivée sur terre
de leur fils
Clovis

Monsieur et Madame
FRODITE
sont très fiers de vous
annoncer la naissance
de leur fils
Hermann

Monsieur et Madame
MATINEZ
sont heureux de vous
faire part de la naissance
de leur fille
Grace

Monsieur et Madame
ALOR
ont le bonheur de vous annoncer
la naissance de leur fils
Ahmed

Monsieur et Madame
HOUTANT
ont la joie de vous
annoncer la naissance
de leur fils
Laurent

Monsieur et Madame
HIKULAIR
ont le plaisir de fêter
l'arrivée sur terre
de leur fille
Laure

Monsieur et Madame
MITRAYEUR
ont le bonheur de vous annoncer
la naissance de leur fille
Suzie

Monsieur et Madame
TOKETSCHUP
sont très fiers de vous
annoncer la naissance
de leur fils
Thomas

Monsieur et Madame
DEVITAICE
sont heureux de vous
faire part de la naissance
de leur fille
Berthe

Monsieur et Madame
DEPOIÇON
se réjouissent d'annoncer la venue
au monde de leur fille
Pierrette

Monsieur et Madame
RELIGION
ont la joie de vous
annoncer la naissance
de leur fille
Jeronima

Monsieur et Madame
TRINÉ
ont le plaisir de fêter
l'arrivée sur terre
de leur fils
Andoche

Monsieur et Madame
DEPHOIPARSSEMAINE
ont le bonheur de vous annoncer
la naissance de leur fils
Yannick

Monsieur et Madame
VHOUGARDE
se réjouissent d'annoncer la venue
au monde de leur fils
Matthieu

Monsieur et Madame
BIBLIO
sont très fiers de vous
annoncer la naissance
de leur fils
Thècle

Monsieur et Madame
SOIKIMALIPANCE
sont heureux de vous
faire part de la naissance
de leur fils
Johnny

Monsieur et Madame
SOUHALOR
sont très fiers de vous
annoncer la naissance
de leur fils
Aimé

Monsieur et Madame
O'RHANJICE
sont heureux de vous
faire part de la naissance
de leur fille
Clarisse

Monsieur et Madame
PUBLICK
se réjouissent d'annoncer la venue
au monde de leur fils
Alban

Monsieur et Madame
HOUDFORSSE
ont la joie de vous
annoncer la naissance
de leur fille
Audrey

Monsieur et Madame
DANEL
ont le plaisir de fêter
l'arrivée sur terre
de leur fils
Médard

Monsieur et Madame
HOUKREV
ont le bonheur de vous annoncer
la naissance de leur fils
Mars

Monsieur et Madame
DIDPAK
se réjouissent d'annoncer la venue
au monde de leur fils
Marcellin

Monsieur et Madame
DEBOU
ont la joie de vous
annoncer la naissance
de leur fils
Igor

Monsieur et Madame
HAKLAK
ont le plaisir de fêter
l'arrivée sur terre
de leur fille
Claudette

Monsieur et Madame
PAPLUCE
sont très fiers de vous
annoncer la naissance
de leur fils
Justin

Monsieur et Madame
HORIENTHAL
sont heureux de vous
faire part de la naissance
de leur fille
Irénée

Monsieur et Madame
HÉUNNUI
ont le bonheur de vous annoncer
la naissance de leur fils
Émile

Monsieur et Madame
PHÉBIENLAICHOZE
ont la joie de vous
annoncer la naissance
de leur fils
Lazare

Monsieur et Madame
LIBRYUS
ont le plaisir de fêter
l'arrivée sur terre
de leur fils
Arnaud

Monsieur et Madame
HAFOUTRISSI
ont le bonheur de vous annoncer
la naissance de leur fils
Victorien

Monsieur et Madame
DE KAFAI
sont très fiers de vous
annoncer la naissance
de leur fils
Mathias

Monsieur et Madame
DE KADIXE
sont heureux de vous
faire part de la naissance
de leur fils
Abel

Monsieur et Madame
HÉTIRÉ
se réjouissent d'annoncer la venue
au monde de leur fils
Sylvain

Monsieur et Madame
NAINPORTEKOI
ont la joie de vous
annoncer la naissance
de leur fille
Judith

Monsieur et Madame
CHOZANSONTAN
ont le plaisir de fêter
l'arrivée sur terre
de leur fils
Jacques

Monsieur et Madame
SAINBRIEUAPIÉCÉPADUGATO
ont le bonheur de vous annoncer
la naissance de leur fils
Ferdinand

Monsieur et Madame
LARJENPARLAIFNAITR
se réjouissent d'annoncer la venue
au monde de leur fille
Juliette

Monsieur et Madame
THÉLA
sont très fiers de vous
annoncer la naissance
de leur fils
Donald

Monsieur et Madame
NHOCÉROS
sont heureux de vous
faire part de la naissance
de leur fils
Cyrille

Monsieur et Madame
HOUHARÉSON
sont très fiers de vous
annoncer la naissance
de leur fils
Salvatore

Monsieur et Madame
SOUZOKINPRETEKST
sont heureux de vous
faire part de la naissance
de leur fils
Béranger

Monsieur et Madame
DE MOVAIZKALITÉ
se réjouissent d'annoncer la venue
au monde de leur fils
Kévin

Monsieur et Madame
NULNÉ
ont la joie de vous
annoncer la naissance
de leur fils
Parfait

Monsieur et Madame
RIENNADIRTHÉTOI
ont le plaisir de fêter
l'arrivée sur terre
de leur fille
Zita

Monsieur et Madame
SKEDUMMÉTIER
ont le bonheur de vous annoncer
la naissance de leur fille
Valérie

Monsieur et Madame
HENMAIN
se réjouissent d'annoncer la venue
au monde de leur fils
Clet

Monsieur et Madame
KOMDÉFHOU
ont la joie de vous
annoncer la naissance
de leur fils
Anselme

Monsieur et Madame
BALDAKIN
ont le plaisir de fêter
l'arrivée sur terre
de leur fille
Ida

Monsieur et Madame
HAVO
sont très fiers de vous
annoncer la naissance
de leur fils
Marc

Monsieur et Madame
DENVEAUZIEU
sont heureux de vous
faire part de la naissance
de leur fille
Julie

Monsieur et Madame
HALUIL
ont le bonheur de vous annoncer
la naissance de leur fille
Sandrine

Monsieur et Madame
D'HALARM
ont la joie de vous
annoncer la naissance
de leur fille
Irène

Monsieur et Madame
O'CÉROCE
ont le plaisir de fêter
l'arrivée sur terre
de leur fille
Catherine

Monsieur et Madame
HAPOINFERMÉ
ont le bonheur de vous annoncer
la naissance de leur fils
Isidore

Monsieur et Madame
LEUKOURIÉ
sont très fiers de vous
annoncer la naissance
de leur fille
Bénédicte

Monsieur et Madame
LAISOURCIL
sont heureux de vous
faire part de la naissance
de leur fille
France

Monsieur et Madame
CHAIMOYADUFEU
se réjouissent d'annoncer la venue
au monde de leur fils
Vivien

Monsieur et Madame
HOUGÉRAIZON
ont la joie de vous
annoncer la naissance
de leur fils
Nestor

Monsieur et Madame
DE THOMATE
ont le plaisir de fêter
l'arrivée sur terre
de leur fille
Olive

Monsieur et Madame
DEUVÉLO
ont le bonheur de vous annoncer
la naissance de leur fille
Justine

Monsieur et Madame
DHARABI
se réjouissent d'annoncer la venue
au monde de leur fils
Casimir

Monsieur et Madame
STROPHOBI
sont très fiers de vous
annoncer la naissance
de leur fille
Chloé

Monsieur et Madame
SIRE DE LONGVIE
sont heureux de vous
faire part de la naissance
de leur fils
Félix

Monsieur et Madame
YCULE
sont très fiers de vous
annoncer la naissance
de leur fils
Modeste

Monsieur et Madame
PATHE
sont heureux de vous
faire part de la naissance
de leur fils
Roméo

Monsieur et Madame
DHEFERPYPY
se réjouissent d'annoncer la venue
au monde de leur fils
Valentin

Monsieur et Madame
DOIHETLU
ont la joie de vous
annoncer la naissance
de leur fille
Jacqueline

Monsieur et Madame
SANMAIRDICI
ont le plaisir de fêter
l'arrivée sur terre
de leur fils
Gaston

Monsieur et Madame
DEUSCHVAL
ont le bonheur de vous annoncer
la naissance de leur fille
Marcelle

Monsieur et Madame
SENSCHOPHAGE
se réjouissent d'annoncer la venue
au monde de leur fille
Angèle

Monsieur et Madame
HENCHAINE
ont la joie de vous
annoncer la naissance
de leur fils
Commode

Monsieur et Madame
OPUS
ont le plaisir de fêter
l'arrivée sur terre
de leur fils
Marcel

Monsieur et Madame
KIPOUR
sont très fiers de vous
annoncer la naissance
de leur fils
Guillaume

Monsieur et Madame
CETWHUITE
sont heureux de vous
faire part de la naissance
de leur fils
Alexis

Monsieur et Madame
WHOULOIRDESOU
ont le bonheur de vous annoncer
la naissance de leur fille
Tatiana

Monsieur et Madame
SÉDUPASTICE
ont la joie de vous
annoncer la naissance
de leur fille
Mélanie

Monsieur et Madame
STRADI
ont le plaisir de fêter
l'arrivée sur terre
de leur fils
Marius

Monsieur et Madame
DECOQUE
ont le bonheur de vous annoncer
la naissance de leur fils
Basile

Monsieur et Madame
NENÉ DU PHINISTAIR
sont très fiers de vous
annoncer la naissance
de leur fils
Édouard

Monsieur et Madame
CROQUETTE
sont heureux de vous
faire part de la naissance
de leur fils
David

Monsieur et Madame
ENTOUIDE
se réjouissent d'annoncer la venue
au monde de leur fils
Sylvestre

Monsieur et Madame
DU FACTEUR
ont la joie de vous
annoncer la naissance
de leur fils
Étienne

Monsieur et Madame
PIGNON
ont le plaisir de fêter
l'arrivée sur terre
de leur fils
Jean

Monsieur et Madame
CHTEUNSTEIN
ont le bonheur de vous annoncer
la naissance de leur fille
Alice

Monsieur et Madame
OGER
se réjouissent d'annoncer la venue
au monde de leur fille
Adèle

Monsieur et Madame
GANÈSE
sont très fiers de vous
annoncer la naissance
de leur fils
Armand

Monsieur et Madame
MOI
sont heureux de vous
faire part de la naissance
de leur fils
Ambroise

Monsieur et Madame
AIGNEMENT
sont très fiers de vous
annoncer la naissance
de leur fille
Florence

Monsieur et Madame
TAGNARD
sont heureux de vous
faire part de la naissance
de leur fils
Edmond

Monsieur et Madame
ONNIÈRE
se réjouissent d'annoncer la venue
au monde de leur fille
Élisabeth

Monsieur et Madame
D'INSTINCT
ont la joie de vous
annoncer la naissance
de leur fille
Pélagie

Monsieur et Madame
NOËL
ont le plaisir de fêter
l'arrivée sur terre
de leur fils
Albert

Monsieur et Madame
MÉTROPE
ont le bonheur de vous annoncer
la naissance de leur fils
Hubert

Monsieur et Madame
FER
se réjouissent d'annoncer la venue
au monde de leur fils
Brice

Monsieur et Madame
FIDERZEN
ont la joie de vous
annoncer la naissance
de leur fils
Bruno

Monsieur et Madame
HAIE
ont le plaisir de fêter
l'arrivée sur terre
de leur fils
Venceslas

Monsieur et Madame
DE POMPIER
sont très fiers de vous
annoncer la naissance
de leur fils
Michel

Monsieur et Madame
AINGAL
sont heureux de vous
faire part de la naissance
de leur fille
Marthe

Monsieur et Madame
ANSONGENRE
ont le bonheur de vous annoncer
la naissance de leur fille
Monique

Monsieur et Madame
OUDONNET
ont la joie de vous
annoncer la naissance
de leur fille
Juliette

Monsieur et Madame
DONION
ont le plaisir de fêter
l'arrivée sur terre
de leur fils
Laurent

Monsieur et Madame
VOYANT
ont le bonheur de vous annoncer
la naissance de leur fille
Claire

Monsieur et Madame
PATOU
sont très fiers de vous
annoncer la naissance
de leur fille
Lydie

Monsieur et Madame
BOURIN
sont heureux de vous
faire part de la naissance
de leur fils
Gaëtan

Monsieur et Madame
TUSCIEUX
se réjouissent d'annoncer la venue
au monde de leur fils
Ignace

Monsieur et Madame
AUTINETTE
ont la joie de vous
annoncer la naissance
de leur fils
Alphonse

Monsieur et Madame
DOVINBLANC
ont le plaisir de fêter
l'arrivée sur terre
de leur fille
Marina

Monsieur et Madame
CHÉVOUX
ont le bonheur de vous annoncer
la naissance de leur fils
Victor

Monsieur et Madame
BABA
se réjouissent d'annoncer la venue
au monde de leur fille
Nathalie

Monsieur et Madame
MANFIN
sont très fiers de vous
annoncer la naissance
de leur fils
Gérard

Monsieur et Madame
PRÉCIEUSE
sont heureux de vous
faire part de la naissance
de leur fils
Pierre

Monsieur et Madame
CADUROI
sont très fiers de vous
annoncer la naissance
de leur fils
Paul

Monsieur et Madame
TUSSAMER
sont heureux de vous
faire part de la naissance
de leur fils
Ulrich

Monsieur et Madame
ZORARE
se réjouissent d'annoncer la venue
au monde de leur fils
Benoît

Monsieur et Madame
NIDEUX
ont la joie de vous
annoncer la naissance
de leur fils
Martinien

Monsieur et Madame
MANGANATE
ont le plaisir de fêter
l'arrivée sur terre
de leur fils
Prosper

Monsieur et Madame
DONÉON
ont le bonheur de vous annoncer
la naissance de leur fils
Alban

Monsieur et Madame
SANFRAPER
se réjouissent d'annoncer la venue
au monde de leur fille
Audrey

Monsieur et Madame
LÉCOMISSION
ont la joie de vous
annoncer la naissance
de leur fille
Germaine

Monsieur et Madame
TOUNE
ont le plaisir de fêter
l'arrivée sur terre
de leur fils
Guy

Monsieur et Madame
OURDARET
sont très fiers de vous
annoncer la naissance
de leur fille
Edwige

Monsieur et Madame
GONZOLA
sont heureux de vous
faire part de la naissance
de leur fils
Igor

Monsieur et Madame
ABOUT
ont le bonheur de vous annoncer
la naissance de leur fils
Aymard

Monsieur et Madame
VITESSE
ont la joie de vous
annoncer la naissance
de leur fils
Ferdinand

Monsieur et Madame
LOXÉRA
ont le plaisir de fêter
l'arrivée sur terre
de leur fille
Sophie

Monsieur et Madame
PATE
ont le bonheur de vous annoncer
la naissance de leur fils
Émile

Monsieur et Madame
TÉTIC
sont très fiers de vous
annoncer la naissance
de leur fils
Didier

Monsieur et Madame
ÉVIDE
sont heureux de vous
faire part de la naissance
de leur fils
Mathias

Monsieur et Madame
UNISTE
se réjouissent d'annoncer la venue
au monde de leur fils
Pacôme

Monsieur et Madame
ELLUSSE
ont la joie de vous
annoncer la naissance
de leur fille
Solange

Monsieur et Madame
MALAJOIE
ont le plaisir de fêter
l'arrivée sur terre
de leur fille
Céline

Monsieur et Madame
MOITOU
ont le bonheur de vous annoncer
la naissance de leur fille
Salomé

Monsieur et Madame
ENGLOUTI
se réjouissent d'annoncer la venue
au monde de leur fille
Félicité

Monsieur et Madame
CHTAINVIT
sont très fiers de vous
annoncer la naissance
de leur fils
Vivien

Monsieur et Madame
QUÉPÉRIL
sont heureux de vous
faire part de la naissance
de leur fille
Béatrice

Monsieur et Madame
DENFANT
sont très fiers de vous
annoncer la naissance
de leur fils
Guillaume

Monsieur et Madame
DRÉLOIR
sont heureux de vous
faire part de la naissance
de leur fils
Paulin

Monsieur et Madame
DUJOURTOU
se réjouissent d'annoncer la venue
au monde de leur fille
Judith

Monsieur et Madame
KÉPÉRIL
ont la joie de vous
annoncer la naissance
de leur fils
Boris

Monsieur et Madame
LETÉRIBE
ont le plaisir de fêter
l'arrivée sur terre
de leur fils
Yvan

Monsieur et Madame
AUSCOURJE
ont le bonheur de vous annoncer
la naissance de leur fils
Benoît

Monsieur et Madame
HARDE
se réjouissent d'annoncer la venue
au monde de leur fille
Clémence

Monsieur et Madame
DE BONNEUR
ont la joie de vous
annoncer la naissance
de leur fils
Martin

Monsieur et Madame
RECOMMANDET
ont le plaisir de fêter
l'arrivée sur terre
de leur fille
Colette

Monsieur et Madame
RHADRHA
sont très fiers de vous
annoncer la naissance
de leur fils
Gaspard

Monsieur et Madame
SONVAIRDUNQUOU
sont heureux de vous
faire part de la naissance
de leur fils
David

Monsieur et Madame
HÉMMÈRE
ont le bonheur de vous annoncer
la naissance de leur fils
Joseph

Monsieur et Madame
KRISTAL
ont la joie de vous
annoncer la naissance
de leur fils
Véran

Monsieur et Madame
MAKILLE
ont le plaisir de fêter
l'arrivée sur terre
de leur fille
Cécile

Monsieur et Madame
HONTDELAPHAMIYE
ont le bonheur de vous annoncer
la naissance de leur fille
Sheila

Monsieur et Madame
WHOCK
sont très fiers de vous
annoncer la naissance
de leur fils
Thomas

Monsieur et Madame
DONKVHOU
sont heureux de vous
faire part de la naissance
de leur fille
Édith

Monsieur et Madame
LIFIKOTE
se réjouissent de vous annoncer
la venue au monde de leur fils
Lambert

Monsieur et Madame
MIRAISIN
ont la joie de vous
annoncer la naissance
de leur fille
Micheline

Monsieur et Madame
LUISAN
ont le plaisir de fêter
l'arrivée sur terre
de leur fils
Sylvère

Monsieur et Madame
HESKIMAU
ont le bonheur de vous annoncer
la naissance de leur fils
Gervais

Monsieur et Madame
LAPARANTAIZE
se réjouissent d'annoncer la venue
au monde de leur fils
Fernand

Monsieur et Madame
SIONKOULEUR
sont très fiers de vous
annoncer la naissance
de leur fils
Barthélemy

Monsieur et Madame
DE LAJIRONDE
sont heureux de vous
faire part de la naissance
de leur fille
Esther

Monsieur et Madame
PARMOINDIX
ont la joie de vous
annoncer la naissance
de leur fille
Angèle

Monsieur et Madame
DE TAIE
ont le plaisir de fêter
l'arrivée sur terre
de leur fils
Gildas

Monsieur et Madame
ASTON
ont le bonheur de vous annoncer
la naissance de leur fille
Martine

Monsieur et Madame
SAINCLOU
se réjouissent d'annoncer la venue
au monde de leur fille
Marcelle

Monsieur et Madame
DENLOSSE
sont très fiers de vous
annoncer la naissance
de leur fille
Ella

Monsieur et Madame
ALAKÈSDÉPAGNE
ont la joie de vous
annoncer la naissance
de leur fils
Gédéon

Monsieur et Madame
RESINDE
se réjouissent d'annoncer la venue
au monde de leur fille
Corinne

Monsieur et Madame
DE POCHE
ont la joie de vous
annoncer la naissance
de leur fils
Yves

Monsieur et Madame
HÉZERTE
ont le plaisir de fêter
l'arrivée sur terre
de leur fille
Clotilde

Monsieur et Madame
SANTRIQUE
sont très fiers de vous
annoncer la naissance
de leur fils
Diego

Monsieur et Madame
DE LA PASTILLE
sont heureux de vous
faire part de la naissance
de leur fils
Brice

Monsieur et Madame
TOULMONDE
ont le bonheur de vous annoncer
la naissance de leur fils
Pacôme

Monsieur et Madame
PRESSÉ
ont la joie de vous
annoncer la naissance
de leur fille
Solange

Monsieur et Madame
HENKORSCHOD
ont le plaisir de fêter
l'arrivée sur terre
de leur fils
Alexandre

Monsieur et Madame
HÉBASQ
ont le bonheur de vous annoncer
la naissance de leur fils
Fulbert

Monsieur et Madame
DESOI
sont très fiers de vous
annoncer la naissance
de leur fils
Gontran

Monsieur et Madame
KOTECK
sont heureux de vous
faire part de la naissance
de leur fille
Gladys

Monsieur et Madame
NIMPORTEKOI
se réjouissent d'annoncer la venue
au monde de leur fils
Teddy

Monsieur et Madame
BIENSUSSÉ
ont le bonheur de vous
annoncer la naissance
de leur fils
Humphrey

Monsieur et Madame
OUALTROU
ont le plaisir de fêter
l'arrivée sur terre
de leur fille
Ginette

Monsieur et Madame
MEYAUNAVALPA
se réjouissent d'annoncer la venue
au monde de leur fils
Jésus

Monsieur et Madame
HERBIEN
sont très fiers de vous
annoncer la naissance
de leur fils
Jean-Philippe

Monsieur et Madame
POURFÈRELAVÉCÈLE
sont heureux de vous
faire part de la naissance
de leur fils
Vladimir

Monsieur et Madame
LUTEFINAL
se réjouissent d'annoncer la venue
au monde de leur fille
Sheila

Humour

Une certaine idée du bonheur, grâce à la vertu décapante du rire...

A. NONYME
Monsieur et Madame ont un fils
4036/2
M. et Mme Ticoli ont le bonheur de vous annoncer la naissance de leur fils Victor. M. et Mme Marolex ont la joie de vous annoncer la naissance de leur fille Éléonore. M. et Mme Sontraqueteur sont heureux de vous faire part de la naissance de leur fils Igor...
Un jeu qui fait fureur - et fou-rire !

ARTHUR
Arthur censuré
3698/5
De la radio à la télé, rien n'arrête Arthur. Et maintenant un livre, pour retrouver son humour décapant !

BERTRAND Jacques A.
Tristesse de la Balance...
2711/1

BRAVO Christine
Les bêtes, petites ou grosses, sont aussi compliquées que nous et leurs amours sont bien difficiles ! C'est ce que révèle la présentatrice vedette de Frou-Frou. Rigoureusement scientifiques, ces romances animales sont irrésistibles.

Les petites bêtes
3104/2
Les grosses bêtes (un érotisme inattendu)
3770/3

de BURON Nicole
Les saintes chéries
248/3
Les mésaventures d'une femme en butte à la fatalité quotidienne, ou comment prendre la vie avec bonne humeur quand rien ne va comme vous l'auriez voulu.

Vas-y maman
1031/2
Dix-jours-de-rêve
1481/3
Qui c'est, ce garçon ?
2043/3
C'est quoi, ce petit boulot ?
2880/4
Où sont mes lunettes ?
3297/4
Une lettre de sa caisse de retraite rappelle brutalement à l'héroïne son âge : cinquante ans. Mais où sont donc passées toutes ces années ?

Arrêtez de piquer mes sous !
3652/5
Impôts, cotisations, taxes, prélèvements, vignettes, TVA... c'est trop ! Le ras-le-bol d'une contribuable excédée mais d'un humour à toute épreuve.

COLUCHE
Coluche Président
3750/4

DUROY Lionel
Priez pour nous
3138/4

GOURIO Jean-Marie
A l'heure de l'apéritif, dans les 150.000 bistrots de France, on refait le monde, le coude sur le comptoir. On fait et défait les gouvernements, on déclare des guerres, on invente des lois, on fusille ou gracie, on reconstruit des villes, on replante des forêts... On va même jusqu'à avancer la date du beaujolais nouveau !

Brèves de comptoir - 1
3978/3
Brèves de comptoir - 2
4015/3

HAUSER Régis
Les murs se marrent
3632/4

HÉRACLES & CHRZANOROSKI
Le grand livre de l'humour noir
3994/5 Illustré

LAFESSE Jean-Yves
Petit précis de l'imposture
3253/4

LAGAF'
Eclats de rire
3537/3

LEEB Michel
Le meilleur de l'humour français
3516/3

LEFEBVRE Jean
Pourquoi ça n'arrive qu'à moi ?
3193/3 Illustré
Mais qu'est-ce qu'elles me trouvent ?
3507/3

4036

Achevé d'imprimer en Europe (France)
par Brodard et Taupin à La Flèche (Sarthe)
le 20 juin 1996. 1372P-5
Dépôt légal juin 1996. ISBN 2-277-24036-2
1er dépôt légal dans la collection : sept. 1995

Éditions J'ai lu
84, rue de Grenelle, 75007 Paris
Diffusion France et étranger : Flammarion